虔诚时光

张祖亲◎著

黄河出版传媒集团
宁夏人民出版社

图书在版编目（CIP）数据

虔诚时光 / 张祖亲著. -- 银川：宁夏人民出版社，2024.5
ISBN 978-7-227-08003-9

Ⅰ. ①虔… Ⅱ. ①张… Ⅲ. ①散文集 - 中国 - 当代 Ⅳ. ① I267

中国国家版本馆 CIP 数据核字（2024）第 094618 号

虔诚时光

张祖亲 著

责任编辑 杨敏媛
责任校对 陈 晶
封面设计 沈家菡
责任印制 侯 俊

黄河出版传媒集团 宁夏人民出版社 出版发行

出 版 人 薛文斌
地 址 宁夏银川市北京东路 139 号出版大厦（750001）
网 址 http://www.yrpubm.com
网上书店 http://www.hh-book.com
电子信箱 nxrmcbs@126.com
邮购电话 0951-5052104 5052106
经 销 全国新华书店
印刷装订 宁夏银报智能印刷科技有限公司
印刷委托书号 （宁）0029394

开本 880 mm × 1230 mm 1/32
印张 7.25
字数 150 千字
版次 2024 年 5 月第 1 版
印次 2024 年 5 月第 1 次印刷
书号 ISBN 978-7-227-08003-9
定价 42.00 元

序

活成一束匍匐的阳光

我感念这温暖如曦的人间，感念这如曦般温暖的世界。我虔诚爱着这人间，也虔诚爱着这世界。

我爱着这世界，以致常被这世间的一切美好吸引、感动。我爱她湛蓝纯净的天空，我爱她壮美辽阔的山河，我爱她宁静安详的晨昏，我爱她真诚厚道的子民，我爱她公平广在的法则，我爱她拨动崛起的力量。

人生不易且短暂。暂且忘却一切的遗憾、怨恨与烦恼，潜下心来，匍匐在人间，活成一束悄然而至的阳光，洒向这世界的每一个角落。

为此，我愿惜时如墨、视爱如珍，以一颗真爱之心，活在当下，爱在当下，回报这片生我养我的土地，馈赠这个疼我宠我的世界。即使爱力有限，暖度不够，我也将痴心不改，义无反顾，直至献出我的全部，包括我存留于世的文字。

人生短暂，没有时间来恨和计较，应抓紧时间来爱与感恩。只要怀着一颗虔诚之心，静下心来，匍匐在人间，活成一束阳光，将满腔的爱洒向自己，也洒向这块多情的土地、这片温情的人间、这个美好的世界，此生足矣！

草于荷城美的东海岸

2024 年 1 月 16 日

目　录
CONTENTS

◎ 第二辑　情愫篇

◎ 第三辑　情理篇

◎ 第四辑　情怀篇

第一辑 情景篇

在山水之中穿行
沐浴着阳光
心中一片丰厚

在花草丛里停留
呼吸浓浓的清新、醇香
全是动人的温柔

也许路的旅程并不遥远
但心的行程总是在高空或者远方深情流动……

长春花

今天早上，经过荷城城中村岗头王时，不由得停下脚步，静静欣赏起来。

油黑的沥青主路蜿蜒穿行，家家硬底化互相连通，路面是那么平坦干净；一栋栋崭新的楼房拔地而起，骄傲地耸立天空；在道路的两边或者庭院的角落里，甚至楼房的阳台上，随处可见绿树繁花生机勃勃，大街小巷弥漫着清新芬芳的味道。现在的城中村呈现一派新气象，原来那些脏乱差、破烂旧如今已了无踪迹。

不过，整个村子给我印象最深的，还是一区十二巷拐角处那一丛长春花，它们长势旺盛、花色艳丽，还具有一种不同寻常的神韵。

你看，扎根在一家村民门口墙角的花圃里，浓翠细密的叶子与点点闪耀的花朵，在黑色的村道、粉红色的贴身围墙与浅白色楼房的映衬下，显得格外亮眼。

那一丛长春花从墙角以半球形的姿态探出头来，枝条、叶子、花朵整齐铺开，整个形体均匀圆润，大大方方向来往的路人行礼致意。花形较小，五瓣相牵组成一朵。花色绚丽多彩，浅红色花瓣尾部颜色逐渐加深，花冠就变成深深的紫红色。每朵花瓣环绕的中间露出一个小小的白色圆圈，一闪一闪的，好像正对着路人不停眨巴眼睛呢。朵朵绽放的长春花亲密而又均匀地分散开来，和着微风摇曳，似乎从不同的角度在向人们报以亲切的微笑，这种浓浓的温馨友好暖人心怀。深绿色的叶子发亮，在均衡细长的枝条上片片对应生长，层层铺开，延伸出去，那股整齐划一的刚劲，让人联想到阅兵式上军人方队铿锵有力的步伐。再往下往里面看，枝条与枝条之间，一直到根部泥土的位置，如此大的一个空间，既无枝丫藤蔓纠缠，更无蚊蝇蜘蛛网罗，里面就是一片清爽干净的世界。

真真是一丛青翠鲜艳、整洁温情！

我专心欣赏，忍不住倾下身子闻一闻，摸一摸，依依不舍。

忽然，一声“兄弟哥，小心喽！”只见穿着浅红色马甲的清洁工推着一辆拖车，手里拿着扫把从我身边过去，随后弯下腰细心地清扫路面。他爽朗的声音，让人感到甜滋滋的。此时，巷子里、楼房墙壁上已经披上朝霞炫亮的光辉。我抬起头，看见对面楼房门口闲坐着一位老人，正舒展着眉头朝我微笑，笑得那样灿烂。

这里真是清新秀丽的好住处，和美温馨的好家园！

阳光普照，我愉快穿行，感到城中村里的路越走越宽敞。

2022 年 11 月 1 日

风雨之中

天气会急剧变化，正如人生变故难以预料。

天气预报，明天受台风“纳达”和新一股冷空气叠加影响，有小雨，局部中雨，气温 18℃—24℃，有 7—8 级阵风，局地 9 级。果然，晚上至第二天早上一直狂风大作，大雨连连，气温骤降。然而，清晨，我还是决定冒着风雨从沿江路步行上班。

7：10　小区里风雨中前行

天灰沉沉的，疾风狂躁，风声呼啸，一片疯狂的世界。高大的树木上枝叶阵阵翻滚，下面低矮的丛林，一大片卷过去，一大片压低来，一片啸啸风雨声；当风稍作停歇，枝叶又快速回过身子，可还没站稳，又被更猛烈的风势压了下去。地面的矮小花草狂乱地东躲西藏，摇摆着颤抖着。

忽然一阵狂风吹来，路边角落里散落的一堆树叶马上被卷起，打一个旋，高高扬起，在空中四面散开，有的还飞上了天空。我感到站不稳脚步了。风，一时间厚厚地挡在前面，一时间又猛烈地推着我蹒跚前行。雨，纷纷摔落下来，冰凉冰凉的。我定了定神，扯紧衣服，稳住脚步，顶着风雨大步走出小区。

风雨突然降临，枝叶花草当然翻滚艰难忍受，但如果能沉稳相迎，树干坚定挺拔，根须抓牢大地，屹立的神采还是岿然不动。

7：25 公园里风雨中沉思

从沿江路南行，来到水生态文明教育公园。

这是一个低洼的湿地公园。从大路上走下来，风声变小了，雨也似乎小了。花圃里的兰花草与绵延的万里碧道相伴同行，右边大片的绿色草地在斜坡上铺开，长条形的一池清水清晰地呈现在眼前。

驻足观望，水面平缓，点点雨滴细碎地落在水面上。一阵风吹过，水面迅速卷起一道扇形波纹，可很快便消失了。对面，一排排水杉，一层层芦苇，夹杂着芭蕉树、榕树，还有那不知道名字的树，紧紧挤在一起，围成一圈，把外面北风呼啸的西江岸隔开。

真是难得，在这风雨交加的时候，有这样一片宁静的港湾让我静心思考。我的思绪像天空的雨滴细细飘洒，像公园的景色一层层铺开，内心的迷雾渐渐散开了。

风雨已经降临，重生再展长空。也许这是上天给予我们的一场庄严的洗礼，让大地更显清新明亮，让风雨中的身躯更显刚毅丰满。

7：35　堤坝上远望起航

走在文旅小镇江边堤岸上，此时北风仍然呼啸，雨下得更大了。看西江，碧绿的江面层层波浪，江水不断上演着冲击、翻滚、激荡、消失的形态变化。面向东方，在西江对面，细长的平沙岛堤岸上绿树丛丛，三三两两粉红色的房屋掩映在绿树之中；再往远看，青黑色的西樵山模糊不清，与阴沉灰白的天际融为一体，整个视线远近上下景色分明，简直是一幅美妙的水墨画。

江面上，渡轮、货船、渔船顶着风，冒着雨，破浪前行。一声长笛划破长空，船只在江面激荡的波浪中竞相远航。这一声长笛，在我的内心深处澎湃着，沸腾着，就像嘹亮的号角激励我迎着风雨继续前行。

不时降临的风雨只是人生长河不期而遇的朵朵浪花，可能它的花色有些凝重，但它也是人生征程再起航的另一曲雄壮的冲锋号。挺起胸膛，我们再出发！

7：45　河水边志在远方

从平沙渡口来到水边。西江边上，河水拍打堤岸，发出嘭嘭嘭的声音。一轮又一轮的波浪冲刷岸边。我蹲下身子，捧起一把水来，北风呼啸声、河水拍岸声似乎听不见了。天空飘下的点点雨滴悄无声息地落在水面上，连波涛激荡的江水似乎也温和了。

用手轻轻拨动碧绿的江水，手与水相通，心与河相融。你的质地是如此的柔顺，你的身躯是这般的厚重，你的胸怀是这么的宽广，你的心态又是这样的从容和坚定。不管是来自高山峡谷，还是田间小溪，你一路汇聚而来，一路接纳而来，浩浩荡荡奔流不止。你，融汇五湖胸怀天下；你通达四海，志在远方！

感谢那些风风雨雨吧，历经风雨的洗礼，感受它优雅的舞姿、大方的气度，把我们的人生一步步推向新的高度。

融合通达的心已经凝聚，我们又何惧风浪！

2023 年 6 月 10 日

山中风景

周六上午，我开车和妻子到西岸林场的龙涛湾爬山，一头便扎进山清水秀的自然风光之中。

田野上，绿树迎合，溪流环绕，青山相望，真真是“一水护田将绿绕，两山排闼送青来”。当车子穿过宫溪村，妻子回应：“绿树村边合，青山郭外斜。”我们相视一笑，飞快前往龙涛湾。

停好车，下车一抬头，迎接我们的，是一阵拂面清风，情不自禁来个深呼吸，哎呀，满满的清新空气，纯纯的树木花草香！

进山大道是两山之间一条蜿蜒的水泥路，来回大约四公里。它宽阔、平坦，地势缓缓增高，适合各个年龄段的人前来休闲赏景、健身漫步。平时来这里爬山的人就不少，周末更是人流如织。

路的一边，木荷树、樟树、松树、杉树、落羽杉高大葳蕤，郁郁葱葱。路边山脚下，一丛丛野花散发着缕缕清香，向你的心怀连绵不断扑来。开着小白花的鬼针草恬淡似菊，随风摇曳；星光闪闪个子矮小的满天星，花瓣深紫色，花朵细小却开满了整个枝头。花丛里，各种颜色的花蝴蝶翩翩起舞，嗡嗡采蜜的小蜜蜂们穿梭不停。路边的那条小溪清幽柔静地流淌，或左或右陪伴在你身旁。山谷从低到高分布着大大小小的防火储水塘，塘里的水草与绿树交相辉映，水面清澈如镜，那汪汪的池水啊，宛如温润碧透的翡翠。走在“V”字形的山谷里，蓝天白云在头顶上忽隐忽现，人们来回穿行，充分感受大自然的情趣与意蕴。

感谢大自然的鬼斧神工，使山水风景如画。大自然是如此美丽，我们爬山去吧。

路边两个小朋友蹲下身子，盯着水塘。他们的父亲不断移动位置，变换着姿势给他俩拍照。孩子身后母亲正搭着他们的肩膀凑前观看。

我们轻轻走上前。塘里的水清澈透亮，黄泥底清晰可见。岸边水草繁茂，绿意盎然。前方的水面下忽然斜拉拉伸出一只大脚来，一大盘青青水藻迎着水势悠悠摆动。五棵落羽杉错落有致地站在水中间，挺拔的身姿与周边的绿树、青山、蓝天白云一起倒映水中，一派水天一色的美景。

一群小鱼在落羽杉粗黑的树根边游来游去。它们一会儿头碰头密密麻麻聚在一起，似乎正在窃窃私语；一会儿又各自调转方向纷纷告别，四面散开了。现在呢，全部停在水中，一动不动，好像专等着与你的愉快相逢，一起“似与游人相乐也”。

美丽的大自然一旦收到人们专注欣赏的目光，那纯真的底色旋即增添了一份迷人的灵动。

我们继续向前。一阵山风吹来，林海涛涛。溪水里，石蛙们咕咕咕的声音此起彼伏；树林里，小鸟呼朋引伴倾力卖弄着清脆的喉咙。抬头望一眼天空，两边连绵起伏的青山之上忽然露出小半边湛蓝的脸来，一丝白云在空中飘游，甚至还有一行白鹭和两只乌鸦从上空飞过，渐渐消逝的流影把人的思绪带向辽远的天际，飞向无边的青山绿水，飞向无限的蓝天苍穹。

忽然，一片“歌声振林樾”。拐过一道弯，只见一群大妈在空旷偏僻的地方跳起广场舞来，还有一部摄像机对着她们拍抖音呢。她们整齐的舞步、柔软的身姿、飘扬的动作，将黄色衣衫衬托之下开心的笑脸汇聚成一浪又一浪洄游的波光，似乎路边的溪水也在跟着音乐咚咚奏响，似乎旁边的树林也在轻轻摇晃。连我们走路的姿态，也情不自禁融进那悠扬的旋律之中，跳动着，摇摆着，曼舞悠悠地向前走。

这还没结束。几位男同志，也许是大妈们各自的男人吧，在拐弯的路口摆下一张小方桌，正坐在红色塑料凳上围成一圈打牌呢。男人们一个个气定神闲、陶醉自在的性情在青山碧水之中活脱脱展现在你的面前。或许你的心里会忽然生出那么一股意外的惊叹，或者还有一点隐隐的羡慕。

我们的生活自然是美好的，如果它与自然的美丽不经意地携手融合起来，那一定是一曲人与自然无限和美的齐声演唱！

我们开始下山了。

真高兴，今天遇到了林场的护林员，我们的老熟人阿军。他是广西桂林人，在林场工作二十多年了，林场的山林水湾他可是了如指掌。只见他，个子不高但很敦实，皮肤黝黑，着一身迷彩服，外套蓝色马甲，脚穿运动胶靴，身后拖着一根长长的棍子。他的身前，是那支训练有素、名声大振的黄犬队伍。四只大小黄犬排成直线，意气风发地走上来。我向阿军挥手打招呼，那四只黄犬马上停步，调转身，分成两列，蹲在地上静静注视着主人，长长的尾巴在地上左右扫动着。

“阿军，你好！做护林员这么多年，快退休了吧，工作辛苦吗？”

“明年退休。工作，也不能说不辛苦，早晚天天爬山。巡山巡水，就是我的职责。”

“天天这样，不是很单调吗？”妻子插话询问。

“如果你把山上的树木花草当作朋友，就不会感到单调乏味了。何况我还有这么可爱的小队伍作伴呢。”阿军蹲下身子，抚摸着身边黄犬的额头，靠着它憨憨地笑了。

望着阿军一路爬高，渐渐消失在密林之中的背影，我的心忽然一震，心潮翻滚，久久不曾迈步。

是啊，温馨对待与山林为友，辛勤工作与山路同音，这样的平凡坚守是多么震撼人心。我们的自然山水之所以如此美丽，不正是维护它们美丽的辛勤温馨的劳动者常在吗！

转过头，一家三口进入了我们的视线。小男孩站在路边，调皮的眼神斜着眼往后看着爸爸，爸爸弓着腰两手撑在地上，妈妈在一旁紧紧盯着。

“爸爸，现在轮到我发令你跑了。预备！一、二、三，开始！”

儿子一声令下，爸爸快步向前。

“爸爸，加油！爸爸，加油！加油！停——”

爸爸正向前一路猛冲，忽然一个趔趄差点跌倒。然后是爸爸、妈妈、小孩一片爽朗的笑声。那样的开心快乐，引得我们也大笑起来。

下面一大群人涌上来了。前面是一个七八岁的小朋友，虎头虎脑，骑着脚踏车，快速踩动，故意沿着路面左一个弧线右一个弧线地往前冲，嘴里还“啊啊啊”地喊叫着。中间一位老人推着一辆婴儿车，白胖胖的婴儿躺在车里，眼睛骨碌碌地四处张望着。车子旁边还有一位老人，时而对着婴儿轻轻摇动着扇子。一对年轻夫妻拿着一些衣裳物品，在后面亲密地聊着，偶尔抬头看看前面。

多么开心快乐的场面！多么温馨幸福的家庭！浓浓的快乐的味道把美丽的山林装扮得格外清新闪亮。

一批又一批的人上来了。老年朋友们沧桑的脸庞挂着鬓白的秋霜，但脚步依然淡定从容。年轻的伴侣带着小朋友，嬉笑欢闹，快乐追跑，银铃般的笑声让水塘的波纹泛起阵阵迷离的光。还有运动的人们：练瑜伽的，在路边铺开垫子柔软自如地练习着；一支自行车队伍，全副武装，一溜烟消失在尽头；那些跑步健将一个接一个，大步流星地从我们身边穿过。

我与妻子忍不住了，也在山路上一起蹦跳起来，跑动起来，扭了起来！

蝴蝶在路边展翅纷飞，那是我们快乐的舞伴；溪水淙淙蜿蜒洄环，那是为我们谱写的优美乐章；微风拂面，路两边轻柔摇摆的树叶正在为我们频频点赞；一声声清脆的鸟鸣与涛涛林海合奏，为我们掀起了一波又一波的助威呐喊。走一个“S”形步子，斜进、侧弯、扭回头再蹦跳一圈，用力甩起膀子，转身扭起腰肢，左右弹腿踢起来，上下弹跳跳起来。跳动，与树木花草共舞；跑动，与山谷流水同行；扭动，与绿枝嫩叶牵着手。我们的身心完全融入了龙涛湾，完全融入了温馨美丽的龙涛湾！

经过幸福水库大坝，抬头远望，蓝天白云长空渺渺，碧翠叠嶂雄峰突起，一行白鹭在半山腰上徐徐飘飞，一览无余清晰倒映在清澈湖水之中的美景，把雄旷的天空与秀美的人间相聚相连在一起，站在大地之上，宛若我们正在天上神游！

我，不得不这样说，如果美丽的自然山水，处处散发温馨的春风；快乐幸福的人们，能够温馨拥抱美丽的自然山水，那样温馨与美丽的和谐演奏不正是我们心灵深处无比向往的风景吗？祝愿我们的人生，都在这曲“温馨美丽”的演奏中相伴远行。

不知不觉，我和妻子手拉手，快乐告别龙涛湾。

2023 年 12 月 7 日

冬天里的落羽杉

此时的北方，定是冰天雪地，寒风刺骨。而南国的冬天情形就大不一样了。湛蓝的天空下，城里城外仍然风和日暖，山清水秀，处处呈现生机盎然的景象。

散步在公园里，心情格外舒畅。

我看到——

那湖水清澈荡漾，波光粼粼；那飞鸟刚掠过湖面又剑一般地刺向远方；那鳞次栉比的楼房连同青翠层叠的草木倒映水中，形成如诗如画的世界。

我身边的大榕树高耸挺拔，枝叶繁盛。不远处的一排红鳞蒲桃，也以盛大的仪式在路边整齐排开，硕大圆满的球形躯体高高挺起，鲜红的嫩叶展现火一般的青春与朝气。

此刻，我的心愈发激动，我的脚步愈发轻盈。就在公园的拐角处、近岸的水面上，我被一排落羽杉别样的容貌怔住了。

株株落羽杉被一层灰暗萎缩的肌肤包裹着，病蔫蔫地立在水中。如此狼狈的模样，与公园里到处都挺拔秀美的景象极不相称。落羽杉，你心中是否有难言的隐衷？

全身枯枝落叶的落羽杉耷拉着脑袋，昏昏欲睡，像一个个风烛残年的老人。它们抱残守拙，沉默无语；它们摆渡余生，相依为命；它们晃动神情，正视苍生；它们滴落遗言，告白人间。

落羽杉，你有难以言说的忧郁和落寞吗？

你从秋天的萧瑟走到今天深冬的阳光，经历了多少风雨交加，承受了多少寒潮侵袭，从青翠挺拔变成如今的模样。“知音少，弦断又谁听”的孤单飘零，或许你曾经经受过；“我歌月徘徊，我舞影零乱”的愁苦压抑，或许你曾经品尝过；“飘飘何所似，天地一沙鸥”的迷茫困苦，或许你也煎熬过。你的容颜易了妆，你的光华已暗淡，你现在灰暗干枯的姿态，在周边环境中显得又是那么格格不入。

然而，请你记住，你扎根的本性没有改变，你挺拔的风骨依然还在，你高大圆满的追求依然坚定。现在的你是在回忆峥嵘岁月汇聚智慧吧，是在沉默收拢集聚力量吧，还是你正在悄悄等待来年催发新芽？沉默的姿态，并不代表停止的声响，积蓄的时光，注定是一个漫长的聚变。

我清楚地记得，就在这里，去年夏天你骄傲的风采。你把根深深扎入水里，钻进泥里，水面基部长有膨大的呼吸根，让你的底盘稳固，根系通畅。你的躯干高大圆满笔直，绝对是一种鹤立鸡群的卓然姿态。你丰满秀丽，羽毛状的叶丛细腻柔和，从四面一层层均匀地铺开，难怪你对每一位过往的行人都能从不同的方向致以同样浓郁的问候。淡绿色的枝条水平面似的铺开，侧生的小枝两列成排，好像两队士兵正在迈出齐步的阵势，那么干脆有力。你的整体树形，简直就是一座宝塔亮相，层层递升，步步厚重，直至尖尖利剑刺破蓝天。

落羽杉，原来你具有如此刚毅秀美的神采啊！

今天，走在南国冬天的公园里，看到落羽杉满脸的忧郁和落寞，我依然坚信，你扎在水里，是在静默中等待来年发出新芽。

2024 年 1 月 17 日

登　山

登茶山也有许多次了，却从来没有真正登上山顶。这个遗憾在我心中总是挥之不去。正逢国庆假期，于是与家人约定，今天登茶山，一定要登上山顶。

早早出发，来到古劳镇丽水村，正式踏上登山之路，心里感到人生的征程似乎又在这里出发了。山路陡峭险峻，曲折环绕。一路开车专注前行，小心谨慎。

连续转过几个山头，正当车子气喘吁吁探出头时，忽然视野大开，豁然开朗，紧张的心一下子轻松起来了。走下平缓的路面，经过红星村路口，来到茶山水库的大坝前面。你看，水库三面环山，蓝天白云之下，苍翠叠嶂连绵不断。对面高高挺立的茶山主峰，与左右两边连绵的群山一起紧紧拥抱大坝前面波光粼粼的一池绿水，形成“山水潋滟，神光迷离”的独特景象。山腰上、路两边农家饭庄一家连一家，特产铺子一排接一排。如此秀丽的景色、清新的空气，真是到了一个别样的世界。

因为离山顶还很远，我们决定继续开车上山。经过茶山村委会，又绕上陡峭曲折的山路。路尽管险峻，但两边的树木却高耸林立，浓荫蔽日。透过车窗往外望，右边山坡上有一段平缓地带绿树密布，座座楼房，粉红色、白色，一排排，或三三两两，掩映在绿树繁花的怀抱之中，在茶山主峰挺拔柔和的庇佑之下，显得一片宁静、安详。那是茶山里的村子——道坪村。

车继续前行，农家饭庄还是一家连一家。家家饭庄配套的山水泳池各具特色，池里那水啊，清澈碧透，清凉闪亮，煞是诱人。到了半山腰，我们在一间饭庄前停下车子，收拾背包，开始步行登山。

天色尚早，行人并不多，路面平整，但坡度很大。右边的山势十分险峻，高高耸立的山峰直逼你的眼睛。前方，蜿蜒陡峭的公路盘旋而上，远看像一条巨大的蟒蛇，近看又如一架长梯搭在山腰上。路两边的大型饭庄偏偏就搭建在陡峭的山包上、岩壁上，艳丽别致的造型给爬山的游客带来阵阵惊喜，我也没忍住不时回头观望。

经过坑坪村路口，曲折的路又呈现在我们面前。一阵清风吹过，空气清新得只想大口大口呼吸。往山下看，一片青山叠翠，起伏连绵，恰似波涛阵阵，一浪推高一浪。

忽然，女儿停下了脚步。在路中间，她发现了一只大螳螂，全身青色，静静地趴在地上。女儿十分好奇，仔细打量着，还用小棍子轻轻地撩拨它。螳螂抬起头来，察看一下四周，然后又一动不动地蜷伏在地上。女儿从不同角度连拍了好几张照片才依依不舍地离开。

我们大汗淋漓地往上爬，终于到了茶山最高的村落——乐安村。

村前有一个小广场，建有李氏宗祠，宗祠的后面和右边是一排排老式夯土房屋，左边新建了崭新漂亮的“乐安村文化楼”。广场的后边是一栋栋二层小洋楼，整齐划一，门前人来人往。

我们在广场上的小摊刚一坐下，热情的大娘就向我们介绍村里的情况。村里人都姓李，整个茶山村有四条自然村，居民 750 人，是清朝初期从外地迁入的。“现在的政策好啊，生活已经大变样了。”大娘舒展的笑脸和爽朗的笑声，与吹来的阵阵清风一样暖人心怀。

吃了一碗清香嫩滑的豆腐花，我问“大娘，这里还有路上山顶吗？”

“有山就有路，只要你们不怕累，从广场左边往村后山岭一直前行。不过，上山顶的路很少有人走，也不好走哦。”

我们感谢大娘指路，整装向山顶进发。

路确实难走，崎岖不平，碎石密布，红泥满地。走了一段路，女儿明显跟不上了，走一走，歇一歇。“走啊，快走啊。”我和妻子只好不时地停下来，等一等。“坚持，一定要坚持啊！”我们催催走走艰难地前行。

转过一道山岗，走过一段平坦小路，眼前忽然一亮，视线变得开阔。右边是近在眼前的山顶峰岭，左边是连绵的群山，远看山顶、山腰、山谷，层林碧翠望不到边。而身边，一行行密密麻麻的素馨花在山腰上延伸。它的花朵细小，黄色，缕缕清香阵阵飘散。这时，太阳高悬，天空没有一丝云彩，几个工人戴着斗笠，正低着头穿针似的采摘素馨花。

下山岗，走上一小段平坦山路。细看路面，已经没有新鲜的车印和脚印，表明上山顶的路很久没人走过了。妻子放慢了脚步犹豫起来。转过一个弯，前面一道铁栅栏忽然挡在路上，上面写着“此处为监控区域，进入后果自负”。妻子与女儿一同停下脚步，说不要往前走了，路被封住了。我还是不甘心，跑上前去，发现铁栅栏右边竟然门户大开。不，这根本就不是一道封闭的门，它完全可以自由出入，只要行人各自珍重！耐心说服妻子和女儿后，我们继续往山顶攀登。

快接近山顶了。路两边的松树、杉树、桉树高耸入云；树底下的灌木丛，各种花草树木挨挨挤挤，密不透风。空气十分清新，里面还夹杂有深山老林特有的花草香。一片寂静，寂静得连鸟的叫声也格外清脆，让人感到一丝丝的害怕。我们仨一个跟着一个，在深山丛林之中小心摸索着前行。

我们走走停停，一步一步挪动着脚步。拐过一道弯口，忽然，一道巨大的绿壁展现在面前，我惊讶地大喊出来，快步飞奔到它面前。

从未见过如此巨大、如此厚实、如此碧绿的同一种植物这样美丽壮观成片长在一起！我激动得左看右看，远看近看，还是看不够。你看，它们从半山坡上往下生长，一直铺展下来，直到山路的石壁上。它的三个外围边缘由稀疏的松树和浓密的灌木丛包围着，面积足有两个篮球场那么大。它们密密麻麻生长着，你挤着我，我盖过你，严严实实形成一个稳固的斜平面，接着整个往下延伸，冲过路边高高的泥土墙壁，那气势恰似江河瀑布，奔腾而下，直挂路面。山坡上，叶子碧波连连，顺着斜坡，就像绿浪翻滚，一浪压过一浪。气势如此雄伟！真正震撼而独特！此情此景，我过往的人生中从未见过。赶紧用手机软件去识别，才知道这叫里白，陆生蕨类植物，高 1.5 米左右，喜欢温暖湿润的环境，有时成片生长。

告别绿壁，我们继续往山顶走去。路两边树木愈发稀疏低矮了，再后来只有一些稀稀落落的灌木丛陪伴着我们。我知道，山顶就在眼前了。

我，终于站在高高的山顶之上了！

抬起头，湛蓝的天空飘着朵朵白云，离我很近很近，好像一伸手就可以抓住似的。从山顶往下看，连绵起伏的群山层林碧透，苍翠如海。稀稀疏疏的村落在绿树丛林之中忽隐忽现。半山腰上，平缓地带长着一排排、一层层矮树，那应该是茶树或者素馨花树。远望东边，一条银色的河流蜿蜒而去，那一定是奔腾南流的西江了。就是隔江挺立的西樵山，也好像正在与我遥相示意。再远远地往西边看，似乎还有几座山峰高高耸立，我不知道它们是否比我更高，但我确信，千仞高尺雄峰起，我自艰辛始为峰！

山高我为峰，今天登上山顶，我感到心满意足；“会当凌绝顶，一览众山小”，今天我也如愿以偿了。看，无限风光，尽收眼底；无数艰辛与磨炼，换来一路风景独好！

在山顶，我们来回天地之间，跌宕古今情怀，游玩了很久，才依依不舍下山去。

下山轻松愉快。一路上车子络绎不绝地向山下奔去，路边饭庄里人流如织，很是喧闹。我们在半山腰停车的饭庄里吃了饭，开开心心下山回家。

登山，是一次短暂而又漫长的旅程。它，犹如人的一生，路途曲折，但也风光闪耀。

难忘茶山之行啊！茶山之行的美好时光，至今在我的心中静静流淌……

2022 年 10 月 16 日

密林追寻

近段时间百无聊赖、心情压抑，下午随意在山脚下的乡村小路上行走，不经意看见一条上山小路，于是决定独自爬山。

这是一座没什么名气的小山，听说叫黄翁山，地处西头村与扶丽村之间，山不高，但树高林密，向来很少有人踏足。

上山的水泥路陈旧残破，坑洼不平，上面铺着一层厚厚的树叶，踩上去软绵绵的。路两边，许多古老的树枝对向穿插生长，形成一条曲曲折折的绿色隧道。密林中，高大的榕树、桉树、松树、杉树与绿色灌木丛相映成趣。树林寂静，寒意阵阵，偶尔传来几声清脆的鸟鸣。

我好奇地往山上走去。走到山脊，路分两边各上左右山顶，我先往右边走去。

山路黄泥路面杂草丛生。树林依旧茂密，头顶上的天空偶尔露出小半个脸来，片片白云在它的脸上轻轻流过。

越走越深，忽然发现前面有一座四方小亭，飞檐展翅，有琉璃瓦，而且是浅红色。我边走边想，它是谁在什么时候修建的呢？此地僻静清幽，也算是一处悠然自得的好地方。走近一看，四根柱子上油漆斑驳难辨，周围满是荒草，连亭内的桌子凳子也不见踪影。我很失望，真是可惜，岁月的沧桑让我们失去了黄翁山上的那座悠然自在的“醉翁亭”。

继续前行。路的左边出现一堵围墙，一块黑青色大理石直直竖起，顶端被一些杂乱的树枝绿叶遮住了，半露半藏的看不清楚。“这里难说不是一段古老的城墙哦。”我心里想着，快步走到跟前，仔细查看一番后，更加失望。这里既没有文字留存，也不见有文物可以考证，可能就是以前山下村里人为了蓄水而建的一个旧水池吧。它现在只残留一面空空的墙壁低声哀叹着。

前面密林掩面，坡度朝下，我转身往左边更高的山顶上探寻。

越往上走，景象截然不同。没有杂草挡路，没有黄泥路面，只有厚厚的干枝枯叶发出沙沙的声响。路边偶尔看见几棵小树，稀稀疏疏的绿叶点缀着，给沉闷的山林带来一点生机与活力；叶子微微摇晃，是在迎接我这个陌生的来客吧。林子里大树密布，把整个天空裹了个严严实实，只在缝隙中漏下斑斑点点细碎的日影。树底下，横七竖八的干枝枯叶铺满地面。

树高林密，四周寂静无声，只有干枝枯叶与我为伴，我与满山密林同在。我，好像一下子成了树林的主宰，仿佛整个树林都是我的，似乎这里的一切全是我的。今天，我的天地我做主！

我跳起来，舞起来，情不自禁拿起一根树枝，去掉枯叶与枝条，对着地面干枯的短树枝往它中间插下去，猛地挑起来，甩出去，短树枝与前方的树干重重相撞，发出哗啦啦的声音，沉闷的密林瞬间摇荡起来。我一次又一次把树枝挑起来，甩出去，哗啦啦的声音不断打破密林的宁静。

随后，我又把树枝挑起在头顶的上空，当它垂直下落快要接近头顶时，手里的树枝快速对准它的中间用力击打。霎时，它横向直飞出去，随即，远处传来撞击树干更大的声音。寂静沉闷的密林终于活跃起来了。我玩了一下又一下，小时候的那些玩法，今天我要尽兴玩个遍！

我换一种玩法。拿稳手上的一根细长树枝，对准路边的树枝绿叶，集中全部力气，快、狠、准横扫过去，刷刷刷，一片绿叶应声坠落，干脆利索。这种动作要用全部力量，以最快的速度，对准目标，瞬间爆发横扫过去，被击中的绿叶就会直直地、轻轻地坠落地面，便算成功；如果绿叶飘飘斜落，或者拖泥带水似的垂下，那就是火候未到，功力欠缺了。我左一下横扫，右一下劈杀，刷刷刷，身边的绿叶一片片轻轻落下。那一份轻松自如，真是畅快！

我的玩兴更浓了。四处寻找，找到一根有韧性、粗细长短更合适的干树枝。除去枯叶和细枝，再用石头打磨，除掉扎手的树节，做成一根笔直顺滑的武术棍。

蹲下身子，摆开步子，手中的棍子舞起来。来一个“劈”下去，来一个“拨”开来，来一个“戳”前方，来一个“盖”下位，再来一个“抡”起来，呼呼有风声，振振有威势，左右交叉攻防转换，腾前挪后纵插横扫。小时候初学的那些棍术动作，三十多年后在这座陌生的山岭中一一实践了。那一场酣畅淋漓，那一番极度痛快！

在这里，没有观众，没有判官，没有任何杂音的干扰，只有我一个，在寂静的密林之中，把一根粗糙的干树枝，舞了个随心所欲，自由自在！

终于，手僵了，臂酸了，腰也痛了，动作停了下来。我气喘吁吁，汗流浃背，但内心深处洋溢着满满的喜悦与蓬勃的朝气。童年时拥有的好奇心，很久以来渴望拥有的那种精神状态，今天，在这个小小的密林之中，终于找回来了。这真是：青山有路雄心在，童心未泯伴我行！

下山了，夕阳的霞光布满天空，穿过树林，在下山的路上留下七彩斑斓的光，与青山绿树汇聚，形成一个瑰丽迷人的世界。

走在崎岖不平的山路上，我精神振奋，步伐矫健有力。

2023 年 1 月 10 日

北师大珠海校区培训日记

校园初探

到学校报到吃过晚饭，傍晚与同事一起散步。太感意外了，校园竟然如此大气，清新，精致！

校园面积5000亩，这样的规模，让学校的各个院系可以宽宽松松而又错落有致地散布在山脚下、山腰中、溪流岸、湖塘边，教学楼掩映在大片绿树花草水面之间。穿过其中的车行人行道路，纵横交错圆弧相合，让可爱的校园那庞大的身躯毫无拘束地炫耀自己的风采。你看，半山腰上层层梯级式托肩而上的建筑，是那样的精美别致、沉着优雅；山脚下，应和着山势形态，接应着地气流向，圆润润挺直自己腰杆的建筑，与古老的参天大树依依牵着手；湖塘边上或远或近的各式建筑，前后东西互相呼应，高低错落互相铺垫，连墙体的颜色与周边环境也协调得“淡妆浓抹总相宜”。走在路上，清清湖水波澜不惊，被树木温柔环抱，生机盎然的榕树、香樟、棕榈亲密地聚在一起。校园处处惹人喜爱，引得你不时停下脚步，拍个不停。

这还不算完，再给你添一个湖心岛吧，你会惊喜万分。清清湖水之中，岛上葱郁叠翠，含绿绽放，看起来它比世界上任何一块碧玉更显剔透玲珑、温婉秀气。先暂时收起你的视线，退后几步远望，那崭新的灰白色建筑、环绕四周行道绿树、清澈闪亮的湖水、玲珑的绿色小岛，在落日的照耀下，全部清晰倒映在水中。而天空，是那样的湛蓝，从天边飘来一丝白云，好像是特地为湛蓝的天空披上的一条洁白飘逸的围巾，它们与远处的青山一起，在湖水中轻轻摇荡。这是何等神妙的境界啊，半个天上在水中，水面之下是辽阔的天空、美丽的大地。如此景象，让校园的天空更显高远，让校园的大地更显宽厚，让校园的姿态竞放斑斓，好一派美丽的人间天堂！

更不必说，还有绕湖而过的宽阔马路，是那么的整齐、干净、通畅。一迈步，觉得它就是那么温柔；一碰面，似乎就有久别重逢的热情迎送。一步一风景，三步又回头，层层叠叠，流光溢彩，我环顾左右，仍然是目不暇接。

还有那些小山啊，身边的小山，挺拔的树木，叠翠葱茏迎风摇曳。环山绿道上，一波又一波的绿色直撞你的胸怀，给你一个个清新碧透、纯净自然的绿色天地。山脚下那条清澈的小溪，水流潺潺，悠悠流淌，似乎正在你的耳边轻轻奏响圆润绵绵的乐章，慢慢把你送去遥远的他方。

鸟儿特别喜欢凑热闹，此起彼伏地鸣叫着，叽叽喳喳议论着，时不时从树丛里飞起来，在低空盘旋，潇潇洒洒炫耀一番舞姿之后，再打一个旋，纷纷落在房屋顶上、楼栋的窗台上、过道的高低栏杆上。有时，它们还窸窸窣窣钻进草丛，一会儿又从草丛里探出摇摇晃晃的小脑袋，甚至大大方方降落在你脚步前面的路边上，咕咕咕毫无顾忌地呼唤着，给你来一段相陪伴，给你来一段行告别。它们是在给你引路吧？要么，你们本来就是亲密和睦的一家人？

天空下远处的高山，在校园外围耸立着，苍翠俊朗。一座座山岭，正像一个个和蔼的绅士，穿着精致笔挺的西装，手牵着手，温馨注视着脚底下那星星点点的宝贝儿女，似乎在一起轻轻地说：

“宝贝啊，你们放心，快快成长吧，这里，有我们呢。”

那山那水，那房那树，那湖心倒影，那畅通八方的人行道路，还有那柔和的小草坡，轻轻托起珠海校区众多崭新的建筑与一群群俊美高雅的师生们。学校上承苍天大道高远神明，下接物华地灵人间秀色，中通时代缤纷卓越本色。师生们从四面八方汇聚在这里，在一派安详宁静、温馨大气的氛围下成长着，引领中华教育潮起奔腾的绚丽波光！

2023 年 6 月 25 日

第一堂课

今天上午正式上课，简单的开班仪式上，继续教育与教师培训学院原院长吴圣谷的一番讲话真正耐人寻味。

吴院长对北师大珠海校区的发展过程了如指掌，对中国教育近几年的变化特征异常清晰，对北师大珠海校区教育培训的定位精准独到。他讲话从容不迫，词句精要，沉稳的姿态，正如一口清新的水井，泉水汩汩流出。他的讲话层次分明，逻辑严密，犹如登山的台阶，一目了然又步步衔接。最妙的是，吴院长讲话中间还恰到好处地穿插一些经典语句，好像一桌佳肴，主菜旁边均匀摆放了几碟精致的小菜，色香味恰到好处。他站着，挺直身子，话筒紧贴嘴边，徐徐吐出精妙的语句。教室里静悄悄的，听不到一丝杂音，看不见任何人东顾西望低头晃脑，大家专心听讲，眼睛眨也不眨地盯着台上。吴院长朴实无华的结尾引来大家经久不息的阵阵掌声。

路教授正讲得起劲，忽然，我前排桌子上的茶杯被同桌不小心碰倒，哗啦一声，茶水溅湿了大半个桌面。声音一响，全班愕然，路教授也诧异地抬起头观望。看到湿漉漉的桌面上前排同事的手臂拘束地放在小边角上，听课很不方便，我赶紧递上纸巾让他擦干桌面，纸巾留在桌上。

一会儿，一位女清洁工身穿灰布衣裳，拿着拖把来到教室门口，犹豫着不敢进来。我向她招了招手，她轻轻推门，抬头寻找，我又举手示意。她赶紧过来，用拖把来回拖着地面，又把拖把慢慢侧着卷起来，方便拖把从不同的角度吸干拖净地上的茶水。拖完，转身准备离开时看见桌面上的脏纸巾，又弯腰带走，再轻轻拉门，关门。

她的背影渐渐从我的视线里消失了，但她，作为校园里一位平凡的清洁工，工作精细到如此程度，实在让人敬佩。

在北师大，碰到许许多多平凡的人，他们热情对待来到身边的每一个人，脸上总是满含微笑，给人以春天般的温暖。

一所大学，拥有庞大的教职工人群，他们的起点肯定参差不齐，但这个群体的每个人都具有如此高的职业修养，这真正是难得！

2023年6月26日

外出参观学习

今天上午，全体学员去珠海市唐家湾中心幼儿园参观学习。整个过程汇聚过来，给我的内心来了一次直面的迎头撞击。直到现在，我才深深感受到，学前教育，才是中国人才培养隆重的开篇之作！

学前教育，绝非轻松应付式的工作。以前，如大多数人一样，我也总觉得学前教育缺乏真正的教育技术含量，缺乏应有的科学性和高层次的艺术性。其实，事实绝非如此。

幼儿园的校园规划也绝非仅显好玩而无丰富的文化内涵。唐家湾中心幼儿园里，丰富多彩的玩乐设施布置，活动场地的周密规划，日常教学课程的统筹安排，远非简简单单，随意而行。看似简单但绝不简陋，观其无意却处处有心，每天快乐地生活而又不显虚华浮躁，这才是一种自然的、生活的又精致有序的寓教于乐。

唐家湾中心幼儿园“慢养”的教育理念，打破了一般幼儿园从儿童期就实施功利化教育的异化流弊。它主张顺从自然天性而生长，塑造儿童独有的人格品质和玩乐天性，为儿童一生的健康持续优化发展奠定基础。在幼儿园里，室内室外环境的精心布置、常态化“项目式”学习课程的推进、日常活动的文化拓展，无不围绕着“慢养”理念来有序演绎。

有独到深刻的理念、有深入系统的课程、有沉稳有序的推进措施，珠海市唐家湾中心幼儿园让我刮目相看。今天的外出参观学习，把我以前对幼儿园工作的长久误解和深深的偏见一扫而光！

2023 年 6 月 27 日

听课随想

老师专心讲课，我认真听讲，笔记很详尽，思考很专注，感悟启发良多。

徐连佳老师讲《教育督学工作的理论与实践》，俯视学校评规范，做监督者；平视学校展对话，做合作者；仰视学校寻亮点，做传播者。他用三种视角，讲清楚了督学工作过程中的角色定位，讲得简洁形象、深刻独到。

杜锡群老师讲《南山区教育督导新模式》，介绍了南山区督学工作的五个创新做法：勇于探索完善创新机制，不断实践优化督导组团，积极研究创新督导手段，主题督导聚焦痛点、难点、堵点，及时反馈强化结果运用。是啊，只有想不到，没有做不到。创新，是发展的第一动力，是事物持续发展的主旋律。为什么我们一般人无法创新呢？首先，知识与实践的积累是创新的库存条件。如果库存量不够，思想肤浅如池水，怎能有足够的养料支撑创新呢。吃饱喝足才能行走如飞，兵精粮足才能秋风扫落叶。创新，是在现有状态下的新发明、新发现、新突破，是溢流而下的喷发，是破茧而出的新生。还有，思维的迸发是创新的灵感闸门。内在思想的沉淀，来源于丝丝条条思考过，层层叠叠思索过，方方面面探索过，日复一日各种思维方式贯通融合修补完善组装过。思想的坚实储备与思维的灵活畅通，一经自然状态的细微触动，灵感一点就亮，固有思维一捅就破，创新的闸门也就豁然打开。

曾昭曙老师讲《教育督导的道与术》，在“道”上说“明”了。他从法国1802年讲过来，理顺了教育督导的发展脉络，说明教育督导的职能是督政、督学、评估监测。阐明了教育督导的基本标准：监督要“公正”，引导要“精准”，评价要“客观”，估测要“专业”。他也在“术”上讲“活”了。讲了指标体系、性质定位、工作流程、种种方式等，讲课洋洋洒洒，理论与实践相结合，讲得形象生动，行云流水。在我们的工作实践中，要把握基本思想与具体方法的结合，要抓住宏观与微观的结合，纲举才能目张。工作方法无穷，思想原则有限。走得再远，也一定要看清来时的路；飞得再高，也不能忘记腾飞的巢。脚步走向遥远的地方，更要围绕原点去出发。“道”藏在心间，“术”走在脚下，我们才能行稳致远。

刘坚老师说：“合格是学校的职责，优秀不是学校的责任，合格率越高越好，教育呼唤绿色指标。”是的，教育啊，再也不能像某些学校只对学生进行催生式成长，拔高式地成人，虚化状态下成才，残缺模样却变成了优秀榜样。教育，真情呼唤回归本真，回归初心，遵循人性需求与天道规律。

2023 年 6 月 27 日

神奇的丽泽河

我看《校园平面图》，感到你真是一间神奇而美丽的学校。

你，稳稳当当静卧在凤凰山下，活力四射屹立于名校之林。你的布局，就像一只宽广厚实、刚劲有力的大脚掌，铿锵豪迈走在依山傍海的山谷之中，一路走向远方。你，雄立金凤朝阳路，擘展会同南北方，纵横交贯成一体，丽泽河畔响东西。

群山环抱之中，绿树花草身边，丽泽河在静静流淌。

整个校园依山而建，有序安放在山腰、山脚、湖塘水边。它们亲密和谐地依偎着，与周边的花草树木岩石相融成趣，其乐融融。其中以丽泽河为界，两边对应的人行道，时而平行相伴，时而交汇相握，由此连接东西南北，纵横交错在美丽的校园中。

人行道上的树木生活得太潇洒了，在自由的空间里各展姿态：树干骄傲挺立着，扬起它独一无二的头颅；枝条迎风挥洒着，指点八方，它挥起的一面面衣袖给来去匆匆的行人以片片惊喜；那些牵牵连连的枝叶呢，又是那样蓊蓊郁郁，浓浓的绿意之中总是蕴含着变幻无穷的寓意，接连不断又舒舒服服地钻进你的怀里，正如你贴心的知己，在路的中间、你的耳边轻轻私语那些校园里迷人的故事。

汇聚山泉而为湖。从上游往下走，河流上面的丽泽湖平坦如镜。宽厚的胸怀，盛装着一泓碧水。水面上东一片、西一圈的睡莲微微摇摆着，给湖面贴上一张张流动的绿色标签。曲曲折折的湖岸，重重叠叠绿树的倩影，与湛蓝的天空倒映水中，让丽泽湖显得格外澄净明亮。岸边高耸挺拔的大树的繁枝密叶里时不时漏下几点晶莹的露珠，荡开一圈又一圈涟漪，给宁静的湖面敲响稀疏有序的绝妙的鼓点。

湖面的东边特意留出一个小小的口子，丽泽河沿着沟渠在此启航了。

清澈闪亮的河水顺着河岸悠闲自在地往前流动，它不是急躁冲动地奔腾而下，也不是迟缓滞留洄游不前，而是一湾清水按照自己的节奏，丰满而优雅地完成它应有的旅程。

一路风光无限好。

河两岸，建筑错落有致，昂首相望；河边人行道上，郁郁树木相伴而行；上宽下窄的“V”字形的河床上，结结实实铺着一层绿绿的、厚厚的、柔柔的青草，上面的露珠在明媚的阳光照射下，依稀闪出一缕一缕的光。球形身躯的假连翘们，在草地上挺起翩翩的腰杆，竞相展示骄傲的精致模样。它们还互相应和着，有的在你我对望，有的在牵手相依，有的还侧脸回眸呢。

一丛芦苇出场了。在低洼的河岸边，半圆锥形的它从四面展示自己的姿态，以王者独尊的荣耀放射迷人的光芒。

芦苇秆笔直耸立，洁白浓密的芦苇绒毛在河岸上摇曳着，在空中炫耀着，在大自然天地星辰之间一团团、一圈圈飘荡，柔柔地飞向四方。

湖水在一段厚实的沟渠里缓缓行进，步步积淀，往下游流去。

穿过叠水桥，丽泽河水就以梯田形的姿态奔流而下，一层滑下一层，一级盖过一级，河面由窄到宽，叠叠山光水色，阵阵花草清香，形成校园里一片开阔秀丽的湿地水区。

在这里，河水顺着优美的旋律柔和地流动着，缓缓下降，又轻轻滑落到下一个台阶。河水清澈，辽远的天光云影清晰倒映水中，岸边浅红色的建筑与斑驳细碎的树影在水中交错，一晃一晃的。水面上，随意布下的几块岩石，不算硕大也不过分瘦小，是恰到好处的动中有静的点缀，把大自然给予的单调和孤独一扫而光。还有呢，水面上的几圈睡莲星星点点的，以摇动的姿态有节奏地伸展自己的手脚，更为河水增添了生机与活力。

在丽泽河的下方，挨着岸边，有一大片水草和芦苇。它们密密麻麻旺盛地生长着，青翠逼人，花香飘散。水草丛里，小䴙䴘们忽隐忽现，活泼可爱，时而敏捷地翻身入水，时而穿插在草丛之中忙碌地觅食。丽泽河一路向前，这样的情景，动与静的优美节奏，高与低的精致错落，天上与人间的亲密融合，人与自然的和谐共生、温馨相聚，汇成一种雄伟而又幽雅、旷达而又秀美的校园景观。

校园里的丽泽河，与潺潺山泉奔流聚集在丽泽湖博大的怀抱里，历经沟渠的缓缓沉淀与升华，奔出叠水桥之后，以无比荣耀的风采，一步步展示润物无声的力量，在池塘湖泊之中呈现各自的流光溢彩，直至流进江河汇入大海。

美丽而神奇的丽泽河，你是一条汇聚八方的河，一条塑造新生文化新生力量的河，也是一条奔腾远方而播撒心灵种子的河。

你，静静地流淌在校园里，流淌在每一个北师大人的心窝里。

2023 年 6 月 28 日早上

校园里的飞鸟

校园内，山水交融，绿草茵茵，树木叠翠，处处可见鸟的倩影。

抬头望天空，偶尔能看见一只雄鹰展翅飞翔。它拍击风浪，在空中缓慢移动，好像悬挂在天宇中一般，一展一合收放自如。它眺望四面苍穹，俯察大地万物，以非凡的姿态雄冠蓝天。

有时，披着一身洁白羽毛的白鹭忽然从你身边的树顶上蹬腿展翅飞向远方。那条洁白的弧线利箭般直射出去，在你的脑海里留下一串长长的感叹号。

池鹭呢，从树上飘落，抖动着黑白相间的羽毛，敏捷地环顾四周，在草丛里频频啄食。有时就在你的前方飘掠而下，还故意在路边慢悠悠地炫耀它傲人的身姿。待你走近几步，它又往前飞去，降落下来，停住身子，给你一个回头观望。身边的池鹭，就是一路缠着你的可爱模样！

水面上的鸊鷉，小鸭子一般的水鸟，在河流湖泊的草丛中穿行捕食。有时它浮出水面，忽然，一个筋斗翻身入水，一下子不见了踪影；有时它又在水面上快速奔跑起来，飞一般钻进草丛里，留下一片扇形波纹，久久荡漾。一时间，似乎一层层的回响也涌现在你的心间久久荡漾。

树上的翠鸟喜欢群居，总是玩乐比试停不下来，叽叽喳喳叫个不停，争先恐后发表意见，大声嚷着表达情感，十分卖力地展示骄傲的喉咙。甚至我隐约感觉到，它们有时也会火药味忽然浓烈起来，立即爆发出剧烈的吵闹争斗，但过一会儿，又马上和美如初欢乐如常。它们的叫嚷吵闹时绝不是仅仅待在枝条上，而是不停地上蹿下跳，不停地前穿后跃，不停地抖翅晃脑，让人不由自主地联想起幼儿园里一大群活泼可爱的小朋友。

北师大珠海校区，好一派鸟语花香的景象，好一个人与自然和美温馨的大家庭！

2023 年 6 月 28 日傍晚

温暖的校园

1

赶着去上课，一阵大雨潇潇洒洒突袭而来，我从楼顶平台向大厅狂奔过去，匆忙跑到门口，吧台坐着的一位工作人员已快速起身，抢先给我拉开门。我谢谢之后，冲进大厅，忙着低头擦拭湿漉漉的头发，一边不断地抖动身上的雨滴，然后冲进教室去上课。等到上午课程结束，我来到吧台边，开玩笑地说：

“我，再来看你一眼。”

“你们这几天都在这里上课，我们天天都可以见面的啊。”

“不是，我要谢谢你早上下雨的时候帮我拉开门。”

“哦，这有什么，不用谢。如果想来看我，天天欢迎！”

说完，对我莞尔一笑，我也大笑起来。这时，彼此间的陌生感一下子消失了，一股温馨快乐的暖流布满全身，连下楼走路都感到特别轻盈。

真的，面带微笑，一定是世界上让人轻松愉快、年轻美丽最好的特效药。

2

吃过晚饭，天色尚早，但热浪仍在滚滚涌动。我不想待在房间里，想找一个凉爽安静的地方在手机上写点东西，于是来到继续教育学院的报到大厅。为了不打扰别人工作，我轻轻推门进去，在一个偏僻角落里坐下。很快进入了写作状态。忽然，吧嗒一声，灯亮了，桌面与手机屏幕一下子亮堂起来。一抬头，看见一位工作人员把我旁边柱子上的灯打开，然后转身就离开了。我十分感动，不知道天色已晚，也不知道开关在哪里，而且我也不想发出不该有的声响影响别人工作。然而，里面的工作人员，看我久久低头操作手机，及时为我开了灯。霎时，一条温暖的溪流从我心里轻轻流过，这一盏灯，照亮的不仅仅是我的视野，更是一份关心他人的美丽心灵。

我想，一个人，会主动想着别人，甚至是陌生来客，他的精神必定崇高!

3

由于早上运动时间把握失误，我十分着急，“赶快！赶快！”心里反复催促自己，急匆匆来到饭堂门口刷卡，就怕吃不上早餐又得马上去上课。

走到门口，饭堂工作人员看着大汗淋漓一脸着急的我，一下子看出了我的心事，笑着说：“老师，早餐时间到九点半，不用急。”“哦，是这样的啊。”我长长地舒了一口气，“这个提醒对我真是太及时了！”我的心里从黑云密布的天空马上变得阳光灿烂。我真诚弯下腰来致意，然后转身，前行，轻松愉快吃早餐。

换位思考的迷人风景，就是那么温馨!

4

早晨，荔枝山绿道上草树苍翠，空气清新。

我在路上小跑着，遇到一位快步行走的人，他主动向我示意问好，我也友好地点头别过。跑了一段路，一个外国人迎面跑过来，我们一撞脸，他就早早地挥起手，主动招呼着“你好！”我赶紧回答“你好！”我们的心里满装亲近与友好。稍后，下山的路上又与第一位打过招呼的人不期而遇了。这一次，我们两个人慢慢举起右手，静静地微笑着注视彼此，非常默契地来了一个充分的问好致意。

在这样一个清新碧翠、晨光曦曦的绿道上，在北师大珠海校区小山密林之中，我与几位陌生的老师偶然相遇，那时涌现出来的感觉，就像老朋友久别重逢，热情相拥，那样的人间温馨，让人一生难忘。

5

宿舍一楼有一位值班保安员很和善热情，每次进出都主动与我们打招呼。

一天中午回来，发现她的值班桌上放着一束白色的花。我走过去闻了闻，醇香扑鼻！

“这是什么花啊？”

“九里香，好香吧？”

是的，浓浓芬芳不愧名为九里香。于是，我每次进出宿舍，总是不忘凑前闻一闻，既感受花的香气，也感受花主人热情的微笑。

告别学校的那个下午，我拖着行李箱，最后一次凑前去，深深地闻着它。

保安员笑着说：“请你把九里香的芬芳带回家，祝你一路顺风！”

我眼眶一下子湿润了，向她挥手致谢。

真的，直到现在，九里香那浓浓的清香还时常在我的面前飘散。

…………

校园处处温暖如春，它使学校师生神采飞扬，更是校园文化放射出来的片片霞光。

2023 年 6 月 29 日

结业仪式上的讲话

根据高明区教育局督导室的工作安排，有幸参加“责任督学专业素养及业务能力提升高级研修班”。在整个培训过程中，我充分感受到，我是在仔细阅读三本不同性质的“书”：培训学校办学环境与人文底蕴之“书”、珠海市学校发展状况之“书”、新时代优秀责任督学工作要求之“书”。

阅读北师大珠海校区学校之“书”

几天来的学习与生活，被珠海校区大气、清新、优美的校园环境深深吸引。

校园面积五千亩，设施设备先进齐全，校舍建筑别致优雅，整个校园掩映在山谷绿树、花草、溪流、河湖之中，空气清新，处处风景如画，步步诗情画意，不愧为“亚洲最美的山谷大学”。你看，凤凰山下，山岭环抱，青山叠翠，高远的蓝天静静流淌着伸手可揽入怀中的朵朵白云；丽泽河水缓缓流过，形成梯田式的、喇叭形的河床，层层碧波漫溢，丛丛青翠绿草，汇聚成一片生机盎然的鸟儿们的栖居之地。校园人行道，纵横交错圆弧交合。池塘里，葱茏的小岛碧水荡漾，环绕池塘的行道绿树与天上的蓝天白云倒映水中，美景水天一色。这样的校园风景让人流连忘返，乐在其中。

美景之中更有和美之人。尽管学生已经放假，人流较少，但北师大深厚的人文底蕴与北师大人的精神风貌仍然随处可见。校名石古朴刚健，立身轩耐人寻味，启功纪念园、黄文秀雕像精神流芳，元白楼、弘文楼、乐育楼、丽泽楼、励教楼、国际交流中心、图书馆、体育馆等建筑崭新气派，与周边环境协调一致，更凸显沉静朴素、大方自然的文化韵味。校园文化深厚的雅致清香，慢慢弥散，浸润校园里每一个人的心田，真是沁人心脾，让人陶醉翩翩。

在校园里，与你接触过的人，都是那么阳光灿烂、热情和美，处处表现彬彬有礼的“君子”或者“淑女”风采。在我们开班仪式上，吴圣谷老院长的讲话沉稳如一座山，将学校的发展历程、培训工作的准确定位、教育潮流的多姿多彩娓娓道来，流入你的心坎，步步清晰引你拾级而上，登峰凌云。时代发展的本质、人生轨迹的真谛、教育规律的认知，从吴院长的嘴里跳出便成为闪闪发光的至理名言。其人其声，其言其貌，响当当一份北师大“诚敬勤朴”精神的光辉写照。

校园里随便走走，碰到的每一个北师大人都是真诚、勤勉、朴素的，他们平凡的举动，播撒出片片阳光，照耀在你我的身上；他们简短的话语，绽放着丛丛微笑，温暖着你我的心怀。这，就是北师大人的精神之光！

阅读珠海市学校发展之“书”

培训期间，我们参观了唐家湾中心幼儿园、保税区第一小学、珠海市礼和中学，深刻感受到珠海市教育呈现的蓬勃发展态势：发展定位高远，办学理念先进，凝心聚力、踔厉奋发。不论学校规模大小，他们短时间内变化巨大、成就辉煌，体现了珠海市教育现状的新活力、新作为、新希望！

当然，我个人更欣赏唐家湾中心幼儿园的办学模式。幼儿园园长坚持“共创儿童无限可能的未来”办学目标，倡导“慢养”办学理念，其内涵就是：顺应儿童自然天性，尊重儿童成长时序，支持儿童主动发展。园长带领大家建起了一间庭院式幼儿园，环境打造体现“活”“色”“生”“香”的特点。在微观管理措施上，又采用“项目式学习”活动，室内室外环境规划体现出内容丰富、项目严密、特色精致自然、内外环境相得益彰的特点。这真是一所处处“看见儿童，看见成长，看见绚丽的生命”的幼儿园。

阅读新时代优秀督学工作之“书”

一直以来，我们高明的督导工作也有一套较为成熟的操作体系。但来到北师大珠海校区培训之后，感到我们的工作提升空间还很大。

我们有总书记对教育工作的重要论述作为理论指导，有教育督导的道与术、督学工作的理论与实践，有深化新时代教育评价总体方案作为我们工作的理论基础，有深圳市南山区教育督导的新模式、宝安区教育督导的宝贵经验、广州市与珠海市督导工作的探索方法作为我们工作推进的具体指导，这都将使高明区的教育督导工作更具规范性、科学性、系统性和针对性。我们共同用优秀的督导工作，一起为高明教育的高质量发展尽一份力。

2023 年 6 月 30 日

那枯叶，那树

从学校球场边的一棵树上，我摇落了一片枯叶。

不知道它叫什么树，也不知道为什么现在已经是春天了，这棵树却还是干枝枯叶赤身露体的模样。惊诧之后，我把枯叶夹在书里保存起来。

仔细观察，那枯叶的叶脉很粗，很长；主叶脉上分出对称的众多支叶脉，在层层密密的网络状叶脉上附和着单薄的叶肉，上面斑斑点点，显得有些枯焦，而且还凹凸不平；一圈圈的枯焦面，从四面八方向中心位置挺进，似乎主叶脉也有枯焦的征兆。在这个繁花似锦的春天，那样的枯，实在不是一件美丽得体的衣裳。

环顾四周，周围哪一棵树都正蓬勃生长绿意盎然的！

是的，其他的树木一经春风的亲吻，就马上叶芽催发，争艳亮相，各自显出碧绿苍翠的容貌和茁壮奋发的气势。

而这枚枯叶的母亲竟然孤零零一个，全身上下光秃秃，呆愣愣的，俨然一副瘦弱枯焦的容貌。难道你还在重温料峭寒霜的冷梦，而不知道季节已变，春回大地了吗？

但是，我是知道的，我也记得清清楚楚，在去年寒冷的冬天，在校园一片片密林之中，唯有你，以一种独步葱茏的姿态，盛装点缀那个凄风冷雨的寂寞的世界！

那枯叶，那树，是在繁华热闹的时候做下冷梦，在严寒惆怅的季节却独自绽开了美丽的笑脸。

这就是你独有的风采！

1988 年 4 月 7 日

迎春花

经过天寒地冻的冬天，经受寒风暴雪的撕裂，当太阳刚刚露出笑脸，而别人还在酣睡之时，迎春花，你第一个绽放了春天的花朵以自己抖动的脸庞，向大地宣告春天来临。你鹅黄娇嫩的笑容，吻着清新的空气，抚摸着暖和的大地，品尝着春天的温润。

你也没有忘记呼唤同伴，借着风潇洒自得地摇晃着，把自己装扮得黄灿灿的，向大地宣告春天已经来临。于是，山朗润起来了，水活泼欢快起来了，各种各样的植物纷纷伸头探脑，争先恐后挤出小小的嫩芽。一切的一切，应和着迎春花的呼唤，顺着迎春花的方向抬起头欢腾起来了！

料峭的寒风都压不垮小小的迎春花，还怕什么春天风雨末流的摧残？想到迎春花抗争的壮举，大自然霎时挺直了腰杆，沐浴太阳的恩赐，吮吸春天新鲜的营养，于是，人世间繁花怒放生机盎然，直至世界呈现五彩缤纷的模样。

迎春花，你是万物生长的先锋队。

迎春花，你是万物生长的希望！

1988 年 5 月 13 日

第二辑 情愫篇

种菜人、泥瓦工、清洁工、小朋友们……
相逢江上人，迎面大桥东

“爱”的眼睛
让我们的心河汇聚
一言语，应答之中满含笑容
一举手，绽开心中的花朵起身迎送

请珍惜我们的每一次偶然相遇
珍重人世间每一片绚丽的彩虹……

我是姐姐

初冬的中午，寒风阵阵，店里冷冷清清，没有一个顾客。

刚进餐饮店，老板娘就热情走上前，待我坐定，马上端来一筐橘子，说是老家带来的，叫我尝一尝。因为我是熟客，就毫不客气拿起两个吃起来。剥去红橙橙的皮，露出红灿灿的肉粒，顺手撕下一瓣送进嘴里，甜滋滋的。

身后传来蹦蹦跳跳的声音，是一对母女走进店里。一个小女孩梳着两条小辫子，穿着一身红色的衣服，闪着一双黑亮黑亮的眼睛，径直走到我面前，看着我吃橘子。

“小妹妹，来，一起吃橘子。”

我将另一个橘子递给她。

“这是谁的呀？”

“是这里老板的，没问题，你随便吃。”

“不要，不能随便拿别人的东西吃。”

老板娘恰好经过，说：“不要紧的，今天来店里的顾客我都会送上橘子。你吃吧。”

小女孩接过我的橘子。我又从筐里拿出三个，一起塞到她手里。她先给身后的妈妈两个，然后坐在我对面剥起橘子来。

“我不是妹妹，是姐姐，这都不知道。我，是姐姐！”她嘟着嘴巴生气了。

“哦，你是姐姐？那你一定是个好姐姐。你好厉害的。”

“学校有人打架，有人还打我。”

“学校还有人打架？不用怕，你有妈妈嘛。”

“我七岁了，有人比我大，八岁。妈妈又不会整天陪我去上学。”

“妈妈会帮助你的，所以不怕。”

“妈妈会打我的。”她凑近我的耳朵悄悄地说，还不忘瞟一眼后面的妈妈。

“她为什么打你啊？”我也侧过身对着她的耳朵悄悄问。

“早上赶我起床。”

“哦，这样啊。打得疼不疼啊？”

她又瞟了一眼妈妈，凑近我耳边更加小声地说：“我的屁股好疼的。”

“女儿，过来吃饭。”妈妈发话了。她一蹦一跳回到妈妈身边坐下。

这时，陆陆续续来了几批顾客，刚坐定，小女孩就赶快起身，从我的桌子上端起那筐橘子，在每一个顾客的座位上放两个橘子。

顾客们一下子愣了，看着小女孩，又看着橘子，谁都没动手拿。

小女孩急了：“快吃啊，是老板送的，好甜。”

顾客们还是将信将疑，老板娘赶紧说：“是的，今天我送些橘子给大家吃，老家带来的，很甜。”

“也要谢谢我们可爱的小妹妹哦！”老板娘蹲下身子摸着小女孩的头。

“我不是妹妹，我说过了是姐姐。”

“噢，是啊，谢谢我们可爱的小姐姐！”

大家一听都哈哈大笑，连她妈妈也抿着嘴笑了起来。店里一下子弥漫着开心甜蜜的气氛，大家纷纷吃起橘子来。

过了一会儿，小女孩蹦蹦跳跳去厨房窗口拿勺子，从我身边走过时，还特地向我眨眨眼，点点头，微笑着，眼睛绽放出清澈透亮的光。

多么自然纯真啊！

这个店一点也不冷清，它好暖，好甜，好美。从店里走出来，我感觉整个冬天都充满着橘色的甜蜜与温馨。

2023 年 12 月 12 日

泥瓦工

我们几个老师站在学校行政楼前面聊天，眼睛全盯着前面的泥瓦工，他头上扣着一顶旧草帽，正顶着火辣辣的太阳在广场上砌砖，身上的衣服已经湿透了。

地面上，左边堆着小山似的红砖头，右边是搅拌好的水泥浆，眼前的塑料桶里已经装满水泥浆。他站在沙井池里，戴着一副手套，右手拿着一把铁制的大砖刀，看起来比一般砖刀更宽更长。

只见他右手用砖刀在桶里铲起泥浆，均匀地铺在墙体上，再用砖刀来回拖压，保证泥浆充分而整齐渗入，然后左手取砖，摆放在墙基上，小心柔和地压着砖体，慢慢地揉挤定位，时不时敲一敲砖的侧面来调整角度。等到横平竖直对准，砖刀就在砖头表面敲打两下，宣告落点已经稳稳当当。多么准确细致的砌砖动作啊！我们几个老师的注意力全被他吸引了。

砌到拐角处，整块长方体砖头就显得不合适了，需要三角形的砖头来拼接。只见他拿起一块砖来，用砖刀在砖头上试了一下长与宽，左手握紧砖头，右手举起砖刀，对准，猛地砍下去，啪的一声，碎砖飞走，留下的砖体形状刚刚好。接着铲泥浆，铺泥浆，摆砖揉挤，又是当当两下，对接不差分毫。

原有的地下墙体很不规则，因此需要的砖块也只能是各种不规则的形状，那怎么办呢？只见他直起身子，凝视墙体，揣摩着，停顿下来。然后，左手取砖，把它抛在空中不停地翻转，忽然右手举起砖刀，轻点砖体，瞄准，用力一砍，碎砖飞溅散开，那小半块砖头形状、细长条砖头形状、三角形砖头形状，大小各种形状，在他的手中，砖来刀砍，飞花走砖，一砍即成。好像我们在砧板上切豆腐，横切成片，纵切成块，左右交叉随你所想。如此快、准、狠的刀上功夫，简直到了出神入化的境界。老师们目不转睛地盯着泥瓦工，频频点头，发出一片赞叹声。

下课了，三三两两的同学也好奇地跟着我们一起观看泥瓦工砌砖。泥瓦工看到墙体中间有一些小小空隙，需要一些碎砖头来填充。于是，他低头挑选那些零碎的砖头，耐心对照它们的大小、形状，一次又一次放入空隙里比较，直到毫无差错，完全对位，才用砖刀挑来水泥浆均匀铺上去，压一压，把碎砖头黏连在一起，让它们凝固起来。他对每一个细节，哪怕是零碎细小的一块小砖头，也要求做到精细到位！

墙体有半人高了，他拿起皮尺，贴近砖墙拉紧，量一量墙体的长度和宽度是否有偏差。侧着脸看看左边，拉长过去，定住，量完，一边收起皮尺，一边满意地点点头。这时，太阳高悬空中，猛烈的阳光照得地面滚烫。他紫铜色的脸上汗水一路一路地往下流，身上的衣裳紧贴后背。

砖墙一层层在他的四周延伸升高，不同形状的砖块恰到好处地拼连，对接；水泥浆填充到每一块砖面上、缝隙里，黏连凝固成为一个整体，横平竖直，密密实实。很快，沙井池的墙体砌好了。

跳出沙井池，把墙外的空隙用碎石泥土填充好，泥瓦工还要把旁边的沙井盖板搬过来盖上。他先站起来，扭动了一下腰肢，然后弯腰慢慢拖着厚重的沙井盖板，一点一点移过来。弓着的腰盘，就像石拱桥下隆起的那一圈石拱，使出全力推一把，盖板完美对接上去！

泥瓦工站在沙井盖板上，拍打着身上的泥灰，抹了一把脸上的汗珠，挺起身子，两手叉腰，看着远方。那自得意满的神态，在苍翠挺拔的大榕树的映衬下，清晰地呈现在我们面前。站在过道上的老师和同学们活跃起来了，大声为他喝彩！

谁说平凡只能平庸？只要敢攀登，山高我为峰。泥瓦工，你用平常而又不平凡的劳动创造的作品，在我们师生的心中树起了一座亮丽的山峰！

2023 年 5 月 15 日

小区清洁工

“兄弟，你没走啊？早几天看到你在这里教别人做事，以为你要离开呢。”我停下脚步，和低头整理垃圾的清洁工说道。

他急忙抬起头，吃了一惊，然后笑着说：

“他是别的小区的，公司让我教教他。我不会走的。”

满脸的淳朴，真是一个真诚、踏实的人。此时，我和他之间发生的一幕幕闪现在眼前，回想起点点滴滴，依旧温暖着我的心。

他个子不高，有点瘦小，刚来小区时也就四十岁出头，我也不知道他叫什么名字，但整个人看起来却是一脸的严肃僵硬，从来不露一点笑容。初次见面，我便怀疑这个年龄的人来做清洁工作，能够安心吗？是不是某些方面有什么问题？

我们小区有 21 栋楼，每栋 32 层，每层 4 户。他主要是负责开一部宽大沉重的三轮车，到小区每个楼栋前面的垃圾投放点收拾垃圾，早晚各一次。说实在的，他的任务还是很繁重的。每天早上 6 点，沿着路边的投放点，从分类垃圾桶里卷起黑色塑料袋，提起袋子，扎紧袋口，整齐摆在身边。等到全部垃圾桶清理完，再一个个套上塑料袋，转身把分类垃圾丢上车，摆放好，然后到下一个投放点。

我习惯每天在小区晨跑。有一次，他开着车隆隆经过，我没注意，车离我好像特别近，一闪而过，我吓了一跳，心里很生气：你开车怎么不让一下？开慢一点不行吗？真是讨厌！

还有一次，我早上跑步，看见他开着车子，隆隆隆地朝前去，刚好从正在晨跑的一位老人身边飞驰过去。老人慌忙拐到路边草地上躲闪，站立了好一会儿，惊恐的心才慢慢平复下来。我看到这里，更加恼怒了：这个人肯定不对劲，开车连老人都不让一下，十分讨厌！

从此以后，我很长一段时间不理睬他，也不给他任何好脸色，每当路上碰见，我都用鄙视的眼神与他对视。有时上下班看见他在路边工作，我会快速躲开，因为从他旁边经过总能闻到一股臭烘烘的味道。

然而，之后发生的事让我的态度慢慢改变了。

一天，天气十分恶劣，大风大雨阵阵袭来，树枝狂乱地摇晃着抖动着。下班撑着伞回家的我也只能侧着雨伞，压低身子艰难前行。一抬头，看见他站在小区弯道旁边的车上正整理一袋又一袋满满的垃圾。拉过来，摆放好，踩一踩，压结实。身上穿的雨衣被风吹得高高飘起，雨衣帽子根本戴不住，湿淋淋的头全部露了出来，脸上头上全都是雨水。即便这样，他仍默默低着头，在狂风暴雨之中继续工作。

“这样的天气，还在工作，他是要把当天的垃圾全部清走，一点一丝不留到明天啊！”

我在路边站着，久久看着他，心中泛起一丝感动。

还有一个早上，天空灰蒙蒙的，时不时飘下一阵冰冷的雨滴，路面湿漉漉的，花圃里的绿草树木被雨水洗过之后显得格外清新苍翠。这样冷雨的天气，小区的路上难见几个人。

我在路上跑着，看见他在投放点整理垃圾，旁边已经摆放了一排。忽然，哗啦一声，正在整理的垃圾袋一下子破了，满满一大袋垃圾全部洒落在地上。他愣住了，盯着地面，随后无奈地摇了摇头。我看在眼里，心里想：看你一个人空着手怎么收拾这满地的臭垃圾？会不会趁着没人溜走呢？

我继续往前跑，一圈后回到刚才那个垃圾投放点时，诧异了：他已经开着车子离开了，垃圾桶一字儿摆放着，整整齐齐；地上空无一物，干干净净。确确实实，他是用自己的一双手，在湿漉漉的地面上，把一大片的臭垃圾一点一点清理完离开的。

我不由得停下脚步，心里翻滚起来，浓浓的羞愧之心一浪又一浪地向我袭来。他那瘦小的形象一时间在我眼前清晰挺立起来，而且愈发高大。我，堂堂一个知识分子，在他的面前，内心却是如此渺小。我为什么就不能用平行的眼光去尊重人呢？我为什么就不能用包容之心去看待人呢？

愧疚过往，更要珍惜现在。我抬起头来，太阳从阴沉沉的云层里钻了出来，露出灿烂的笑脸，把小区照得绚丽迷人。

再看一眼那张淳朴的脸，是他，用自己平凡的工作美丽了小区，也融化了我隐藏已久的冷漠和僵硬。

2022 年 11 月 22 日

江边种菜人

在江边茂密的香蕉林里，沿着弯曲的小路漫无目的地行走。树林里的光线一下子暗了，几只小鸟在香蕉树中上蹿下跳，还东一声叫唤西一声地应答着。

前面有一辆旧单车斜卧在路边，一道简易的木门大开着，厚厚的太阳光拥了进去。我快步上前，看见树林怀抱之中有一个小菜园，一个美丽别致的菜园。

“丁”字形菜园沿着地势斜斜地躺着，一垄一垄的菜地纵向横向精致摆开。菜地里面清清爽爽，几乎找不到一根杂草；连通的沟渠和所有菜地的边边角角收拾得干干净净、整整齐齐。菜地里有大头菜、番薯苗、豆苗、生菜，绿油油的，碧绿得直逼你的眼，每一片叶子都是那样的鲜嫩，那样的招人喜爱。站在菜园中间，一阵浓郁的清香扑面而来。

再看中间的那一排豆苗，在竖起来的篱笆上争先恐后往上攀爬，细嫩的叶子轻轻摇晃；篱笆顶上装了四五只飞机模样的赶鸟道具，走近一看，原来是黑海绵两边机智地插上几根鸡毛，一下子就活灵活现起来，好像真能飞起来一样。

菜地角落里，有一位大娘戴着草帽，穿着套靴，正在弯腰翻土。那油滋滋的泥土在她的手下翻开，松散，收拢，归平，动作轻松自如。

我真不想打破这宁静，但转念一想，还是转过身，先咳嗽一声："大娘，你种的菜太好了，是怎么种出来的？"

大娘一下子慌乱起来，抬起头："哎呀，你吓了我一跳。"

她停下手里的活，取下草帽："当然是勤脚工夫种出来的。"

"你天天来吗？这么一大块菜园，一个人种，很累吧？"

"当然天天来。别人浇菜的水是抽上来的，我是挑来的，从下面的江边挑上来。用挑来的水浇菜，菜对你才会亲，菜才会甜。不信你闻一闻，我的菜是不是特别鲜甜？"

"你闻出来了没有啊？"大娘灰黑色的脸上泛起一层红润，讲话的兴致越来越高了。

我停顿了一下才反应过来，马上张开嘴深吸一口气。果然，阵阵清甜涌入鼻孔，那种清新、鲜甜、不浓不淡的香飘飘袅袅，围在你的身边，慢慢融进你的心里。

“真是鲜甜！大娘，你的菜园收拾得好漂亮啊！”

“什么样子的园子，就种出什么样的菜来；穿什么样的衣服，就衬出什么样的人品。我的菜园收拾得舒舒服服，种出来的菜才会开开心心的。种菜与做人也是一样的，你信不信？”

看着碧翠整洁的菜园，我怎么会不信呢！

“我得去挑水，不和你聊了。菜到了点，就要给它浇上水，施上肥，这可不能错了时点哦。”大娘认真地对我说。

说完，大娘弯腰挑起担子，脚步轻松地往江边去了。剩下我，与那片青翠欲滴、蓬勃生长的青菜们亲密地在一起。

多么美丽的种菜人，多么美丽的菜园啊。我沉思良久，才依依不舍地离开。

悄悄退到菜园门口。抬起头，四周的树木轻轻摇动，脚下的一江清水在静静流淌，温暖的阳光柔和地照在我身上，也洒向菜园的每一个角落。

2024年1月8日

不快乐的小朋友

朋友们常相聚，今天吃饭前，大家先在老地方喝茶。其中一位朋友带了他的宝贝儿子，正在读小学二年级的乐乐。小朋友瘦瘦高高，很是机灵可爱。

僻静的私人菜馆安静雅致，文化氛围浓厚，绿树红花布满庭院，书法画作贴满墙壁，各样酒坛排满柜台。如果有兴致，可以随时操起笔，挥洒几个刚劲的字；也可以随时铺开笔墨，勾勒你醉心的花鸟虫鱼。因此，我们朋友几个经常来这里高谈阔论，享受着浓浓的雅情逸致。

现在，香茶已经倒上品起来了。

“乐乐，几天没见又长高了，你是不是班里最高的？”一位朋友摸摸乐乐的头，比了比高度。

父亲提示乐乐：“叫叔叔没有啊，要一个一个大声叫哦。”

乐乐很乖巧，依照顺序一个一个叫“叔叔好”。

“乐乐，瓜子好吃吗，喜欢吃就多吃点。”我抓了一大把南瓜子放在他的桌子旁边。

“谢谢叔叔！”

乐乐站着，一边喝茶，一边安静剥着南瓜子。

“我带你去那边写字吧？”父亲向儿子提议。

“不去。”

“带你去画一只大白兔怎么样？”

“不去。”

“乐乐，你今天怎么不高兴呢，没做完作业吧？”

“做完作业才可以出来的。”乐乐停了停，又说，“这里很无聊。”

“怎么会无聊呢？花好树也美，又能写字画画，可以轻松聊天喝茶，不是很好吗？”父亲赶紧打圆场。

“这些花与树都是你们的，那些画和字也是你们大人的。”

“也可以是小孩的啊。”我说。

“不一样的，大人与小孩不同的。”

“那有什么不同呢？”我感到好奇，又问。

“大人有白头发，小孩子就没有。”乐乐指着我的头，又摸摸自己的头。

是啊，大人有白头发，鬓霜满头催人老啊。

“乐乐，大人与小孩还有什么不同吗？”另一位朋友继续追问。

乐乐摸着头想着，巡视大家的手比较起来。

“大人的手臂比小孩的粗。”

“粗与细是不同，但本质是一样啊。”

“不同就是不同，你们大人不懂。”乐乐坚持说，朋友一时间不自在了。乐乐父亲赶紧过来接话：

“乐乐，不能这样和叔叔说话。”

大家沉默起来，各自吃着瓜子，慢慢端起茶杯，懒懒地喝着，有人低头看微信，有人百无聊赖地四周观察。庭院里的花草树木生机盎然，墙上的字画墨宝飘逸潇洒。

“我让你们猜东西好不好？”乐乐抬起头看着我们。

“好啊！”大家一听立刻兴奋起来，异口同声地回答。

“你们知道什么样的瓜不能吃？”乐乐的眼睛紧紧盯着我们的反应。

什么瓜不能吃？还有瓜不能吃的？我们几个大人急速转动脑筋，你看着我，我看着你。

“是什么啊？快点啦！”乐乐等得不耐烦了。

“傻瓜不能吃，这都不知道！”

“还有，什么东西爬得最快？”乐乐低着头一边剥着瓜子一边等待我们的答案。

猴子，那一定是猴子！对，猴子最快，就是猴子！我们争先抢答，而且信心满满。

“错！体温计的水银爬得最快。脑筋急转弯你们一点都不会，真是的！”乐乐不屑地瞟了我们一眼。

“再来！听清楚啊，什么车子跑得比高铁快？现在十秒钟倒计时，开始！”乐乐拿起左手倒立空中，一边说着数字一边向内弯曲手指。

什么车子比高铁还快？几个大人抓耳挠腮，面面相觑，又着急又无奈，硬是挤不出一个答案来。

“时间到！装在高铁上的汽车！这么简单也想不到？”乐乐得意地摇着头。

“乐乐太厉害了！”“是啊，太厉害了！”我们一个个赞不绝口，纷纷向他竖起大拇指。但是我们脑筋急转弯的题目竟然一题未答对，心里还是失落落的。

“乐乐，你有什么体育爱好，会打篮球吗？”

“会打一点。我家里的单车坏了，爸爸好久都没有修好。”乐乐一颗一颗地剥着瓜子往嘴里送。

“乐乐这么厉害，学习应该很好吧，班上第几名啊？”

乐乐把头低了下去。

“乐乐，你的成绩进步很大吧？”我为了缓和气氛，就换一个角度问。

乐乐剥瓜子的动作一下子停了下来，眼睛盯着远处那棵青青的小树苗。

“乐乐，你今后的目标是考多少名啊？”朋友又来发问。

“没有底气回答了吧，儿子，学习要更加努力才行哦。你看，叔叔们多关心你啊。”父亲摸摸儿子低着的头小声说道。

“和你们大人聊天真没意思！”乐乐脸一沉，头一扭，丢下一句话，径直离开了茶桌。

我们立时感到很尴尬，看着不高兴而离开的乐乐陷入久久的沉默。

我相信，我们都在想着同样一个问题：为什么乖巧可爱的乐乐一下子变得那么生气呢？

茶桌旁边，沿着围墙，一棵棵绿树生长茂盛，一朵朵红花娇艳地盛放。

2023 年 4 月 18 日

拧开关

包间里，知心好友都已到齐，这是期待已久的相聚。

摆好了酒杯，斟上了美酒。“小弟，你去开炉吧。”

小弟爽快答应，弯下腰，钻到桌子下面去拧液化气瓶开关。可在桌子底下忙碌了两三分钟，还是没打开。

“怎么拧不开呢？看样子我的力气不够。”他尴尬地退后让贤。

“我来！”旁边年轻的李总，高大结实，自告奋勇走上前。

拉出气瓶，半蹲马步，左手撑着瓶的边沿，右手抓住螺纹盖拧起来。用力，再用力，使劲用力，但仍然没能拧开。他宽大的手掌上留下深深的暗红色的印痕。

“叫服务员来，手太滑了。”

服务员拿来一条白色毛巾，一层一层折叠好，放在螺纹上。李总完全蹲下身子，叉开腿，绷紧脸，使出全部力气，拧过去，咬着牙再拧过去，开关螺纹仍然纹丝不动。

大家有点疑惑，纷纷站起身，围了过来，“液化气瓶开关怎么会这么紧的？问题出在哪里呢？”

“一定是气瓶坏了，叫老板换一个。”

老板来了，看到人围成一圈，听到大家七嘴八舌的，马上说：“不好意思，肯定是开关锈蚀了，我拆开通气管换一个过来。不好意思啊，各位。”

老板转动连接的气管螺纹，忽然，噗的一声，一股液化气体喷发出来，房间里一下子散布着液化气的味道。大家一时都紧张起来。

“开窗，打开门，没事的，我换一个瓶。”老板赶忙说。

过了一会儿，一位朋友打开桌子上的点火开关，滋，一串火苗突然燃烧起来，一扑一跳的，接着炉火红彤彤地烧起来了，而且越烧越旺。

“瓶里有气啊，没拧开怎么有气呢？”大家更加疑惑了，你看着我，我看着你，百思不得其解。

老板把拧开一半的气管螺纹赶快反方向拧紧，以免漏气。

“噢，我知道，液化气瓶的开关柄早已经打开，拧到尽头了，你们再大的力气也拧不动啊！”

老板一说，大家马上沉默不语，接着哑然失笑，随后大声叫起来:“拧反了，全拧反了！”

“这都是惯性思维在作怪，都是惯性思维害人！”有人说。

“人生方向走反了，面对的肯定是死胡同！”有人发表议论。

“做事目标不明确，再大的努力也是无用功！”还有人大声补充。

…………

大家你一言我一句，各自发表看法，气氛很是热烈。在一片哈哈大笑之中，终于开始了我们的愉快聚餐。

2024 年 1 月 9 日

风筝飞上天空

下午，走在西江边万里碧道上，满眼的江景美如画。

天空晴朗，蓝天上丝丝白云静静流淌。微风扑面，江面宽阔，水势平缓，清澈如镜。几只小木船悠闲自得地在西江岸边轻轻摇荡，堤坝斜坡上铺满了茵茵绿草。脚下的万里碧道一半蓝一半绿，平坦明亮，蜿蜒前行。两边的花圃里密密麻麻的狗尾巴草纷纷抬起头，摇晃着，争先向我招手示意，远远看去，就像两列整齐的士兵守护着万里碧道。

我轻松自在地往前走着。

忽然，一个小男孩踩着脚踏车从我身边穿过，又马上在我的前面来了一个急刹车，忽然掉转车头。小男孩四五岁的样子，虎头虎脑的，面向着我大声说：

“妈妈，我要往前冲啦！”

“儿子，加油！往前冲！”

原来小孩的妈妈就在我的身后。

小家伙调转车头，低头使劲踩着车子，快速冲向前，一阵风似的。

走了一段路，我又遇见这对母子。

妈妈手里多了一个风筝，正在给小孩脚踏车的左边车把系绳子，好让小孩带着风筝往前骑。

也许小家伙一下子还不适应车把上带着风筝，一时间骑得东倒西歪，风筝也被拖着在地上前行，发出沙沙沙的声音。

“儿子，停下，不能这样。”后面追上来的母亲急了。

小家伙停了下来，头扭向一边，脸气鼓鼓地嘟着。

“身子要坐正，眼睛往前看，骑车速度要快，用力往前冲，风筝就飞起来了。”

“乖儿子，你再试试，能飞起来的，一定能飞起来。”妈妈蹲下身子，摸着儿子的头，耐心鼓励。

真是一位好母亲，我站在旁边仔细听着、看着。

小家伙停了停，慢慢走上前，重新调整好车子，坐稳当，拉了一下左边车把上的风筝线，回头看了一眼妈妈，随即猛地踩动车子往前冲去。刚开始，风筝还在地上拖着前行，紧接着，歪歪扭扭飘动了几下，随后，顺着风势摇摇晃晃飘起来了。

小家伙瞟了一眼渐渐飞起来的风筝，一边往前冲一边兴奋地大声说：

“妈妈，我要往前冲，我要飞起来了！”

“儿子，风筝飞起来了，往前冲！”

妈妈快步跟上去，小家伙一股脑儿往前冲，越踩越有劲。车把上系着的风筝现在已经高高升起，飞翔在空中，欢快地飘荡着，呼呼作响。

西江边的万里碧道平坦明亮，一路延伸。西江河水平静宽阔，一路奔腾。

2023 年 1 月 7 日

孩子的眼睛

电梯门开了，一辆婴儿车被推了进来。看见车里坐着可爱的小朋友，电梯里面的人马上自觉地往两边退让。

奶奶推着车，小朋友安静地坐着，圆鼓鼓的脸蛋上一双黑而明亮的眼睛。

一进来，他的眼睛就盯着正面的电梯墙。电梯墙镜子映出里面所有人的相貌。小朋友的兴趣来了，不断旋转着小脑袋，直直盯着镜子里面，随后转头看看车子的旁边，又再正面看看，再左边右边看看，眼睛骨碌碌地转个不停。对他来说，镜子里面和外面就是一个奇妙的世界！

小朋友抬起头看我，我一开始并没有回应他。他就移开视线，看向我旁边的一个小伙子。小伙子正在低头看手机，也没理他。

他不高兴了，脸色有一些僵硬，昂起头向站在后面的奶奶求助，奶奶点点头微笑回应他。看来，小孩子追寻的目光得不到回应也是会失望的哦。

他马上掉转视线又看向我，我笑着回应，对着他努努嘴，晃晃头，眨眨眼。他开心地笑了起来。

我弯下腰来，举起手掌，在他面前五指一并一合，手势一前一后一高一低变化着，移动着。他的眼睛十分专注，眼神紧紧跟着我的手，往前往后，忽高忽低，左右不离步步追随，笑得更灿烂了，圆鼓鼓红彤彤的脸庞像一朵绽放着的鲜红的小茶花。多么专注迷人的眼睛啊。电梯里的人都轻松愉快地笑了起来。

电梯门开了，奶奶慢慢推车出去。电梯里的人一起挥手，向可爱的孩子和他明亮好奇的眼睛告别。

真是可爱的孩子，一双明亮的眼睛，始终保持对周边环境不断探索的好奇心。为什么我们的眼神常感疲惫？是因为岁月的沧桑，正在不断暗淡我们本该永远年轻的那双明亮好奇的眼睛吗？

明亮的眼睛一旦失去对好奇的追寻，冷淡的心、停滞的脚步也许就开始悄悄伴随你。

2023 年 4 月 10 日

埋　单

早晨，阳光明媚，和煦的清风阵阵吹来。

我去早餐店点了一份猪杂汤米粉。店里生意很好，坐满了顾客。

一位阿婆，坐在靠近门口的位置上，静静地细嚼慢咽着。她的头发几乎全白了，中间略显焦黄，整个上身看起来像是趴在桌子上。阿婆个子这么矮吗，怎么就只露出头？我心里疑惑着。

她吃完了，侧着移动身子，骑坐在凳子上，从身上掏出一个棉布做的钱包，慢慢打开找纸币。先找出一张一元的，又找出一张一元的，放在桌子上，铺展开仔细梳理。又在钱包里面掏了半天，终于摸出一张卷曲的十元纸币，随后左右手一起慢慢把它展开理平。

看到这里，我赶快起身走向付款台，对店老板说：“这位阿婆早餐多少钱？”

老板诧异地看着我，“同你一样，8元钱。”

“我来帮她付。”说完，打开手机扫一扫完成了付款，转身对阿婆说：

“阿婆，我帮你付了钱，你不用找钱了。”

阿婆一时间没听明白。

“阿婆，不用找钱了，这位老板帮你付了。”老板娘弯下腰，一字一句慢慢对阿婆说。

“哎呀，多不好意思。老板富贵、平安，多赚点，多赚点。”阿婆说着，两只手不停地晃动。

她慢慢爬下凳子，低头弯腰驼着背往前移动。这时我才知道情况，几步上前扶住她一步一步往门口走去。跨下台阶踏上平地，又扶着她走了好一段路才松手。阿婆转过身，双手举起来，对我晃了几晃，哽咽着，慢慢离去。

望着阿婆驼着背一点一点移动的背影，心里一下子不平静了，想起父亲年迈时，我在冬天暖洋洋的太阳底下用力搀扶着他，慢慢挪着步子，一步一步，在老家屋前广场上散步。我们父子俩身子紧紧贴在一起，走了一圈又一圈。父亲脸上始终露着开心满足的笑。我搀扶着的是我一生勤俭劳苦的父亲，一生最喜欢吃的东西仅仅是从镇子上带回来的肉包子的父亲，是我现在仍然无比想念的我的父亲啊！

搀扶父亲走路的画面又在面前一一闪现，我的眼泪不受控制地一滴一滴落下来。

街面上，车水马龙一片热闹，初升的太阳光暖暖地照在行人的脸上，人们来去匆匆，满是愉快和微笑。

转身进店，发现店里一片安静。一眼望过去，所有的顾客齐刷刷地抬起头，热情注视着我，眼里放出一片敬佩的光。

“谢谢大家，我同大家的心是一样的。”我心里想着，点头示意，坐下继续吃早餐。

结账时，老板娘对我说：“同志，你真有爱心。”

“应该的，谁老了都不容易。实际上，我们每一个人都有这样的爱心。”

“是的，爱心人人都有，但要真正做出来，却不是人人都可以的。”

“真心对待自己的老人，尽力帮助别人的老人，我们一起努力吧。”

老板娘连连点头，微笑着注视我，眼神里满含信任和坚定。

2024 年 1 月 10 日

老师好

作为一个有三十三年教龄的中学老师，我有过许许多多学生毕业之后师生喜相逢的经历，我为一批批学生感恩师情而激动，为学生的进取发展而骄傲，为学生们真心道出的“老师好”而欣慰。

但昨天听到的那一声“老师好”，我心里却是五味杂陈。

那个中午穿过城中村，正轻松自在地走在回家的路上。

忽然，从巷子里闪出一个人来，劈头就说：“老师好！”“老师好！”

我吃了一惊，转头一看，是他，三年前我在一所学校担任校长时的学生。赶忙回答“你好！”

“老师好，老师新年好！老师过年回老家了吗？”他与我并排行走。

“老师回去了。”与他绕着路边停放的汽车继续向前。

“老师好，老师好，老师住哪里啊？”他再次靠近我，手脚一起甩动着，身子晃荡着。

“老师好，老师好，老师要去哪里啊？”他继续问话，并总是重复说“老师好”，听着心里实在有点厌烦。

这个学生有一些智力障碍，原来在学校时就很难正常学习，甚至有时不上课，就在校园里四处游逛。一旦教室里没看见他，我们就不得不发动老师学生到学校的各个角落去寻找。有一次，他竟然偷偷爬进实验室，整个下午躺在那里吹空调。因此，他给我的印象特别深。

“老师好，老师我先走了。”看到我一时间没有接上他的问话，转过头就向我挥手告别，我也举起手回应。然后，他侧着脚跟，侧着身子，蹦蹦跳跳往前走，慢慢消失在人来车往的路上。

望着他消失的方向，我有一种莫名的失落和伤感。他有智力障碍，离开学校也已经三年了，但碰见老师仍然会主动招呼，还不忘叫一声声“老师好”。我很感激，不管他是有心，还是仅仅一种潜意识的表达。然而，他现在还是那个样子，我真的，真的希望，他今后的生活能越来越好，能活出自己的精彩来。

我做了多年的老师和校长，教过的学生遍布全国，从不奢望我的学生都能够念念不忘老师恩情，也从来不会主动联系那些卓有成就的学生，以特别增加我作为老师的那份荣耀。师生相遇，就是我们的人生之缘，也是我的人生之幸；对学生尽心培养，也是我的工作本分。说一句无情的话，学生从学校毕业，也如工厂的产品出厂，到时间就应该流入市场，进入社会，发挥它应有的作用，这是再正常不过的事情，又何求他想？老师的心里，一批批的学生，不管曾经的学习成绩是好是坏，现在一时的发展是否如愿，只是希望他们今后的生活都能越来越好，能活出属于自己的天地来。

当然，偶尔相遇，不管是否还记得学生的姓名和样貌，听到一句“老师好”，我的心里仍然是十分享受和开心的。

曾经遇到一个很早毕业的学生，名字记不清了，是在农村的一个十字路口。学生一见到我，万分惊喜，连忙双手抱着我的右手久久不放，激动得一时说不出话来。他再三邀请我到他家里去坐坐，我确实有事只好委婉拒绝，他失望地离开了。看他，头戴一顶黑色毡帽，脸晒得红彤彤的，卷着裤腿，穿一双塑料拖鞋，骑着一辆三轮车，弓着身子，一点一点消失在远方的泥土路上。路两边连绵不断的稻田里，秧苗碧绿。

我十分高兴，但心中也有一丝丝的伤感。愿他，也愿我所有的学生，今后的生活越来越好，都能活出自己的精彩人生。

2023 年 4 月 20 日

设计大师

星期一早上，天气寒冷，起床后不得不赶快洗漱整装，飞奔出门按电梯。刚好，电梯正从 20 楼下到 16 楼。

进入电梯，看见一对母子在里面。母亲气质优雅，但表情略显僵硬；男孩一副学生模样，中等个儿，长得英俊潇洒，身后背着一个黑色大包，手上拎着一个小包，右手还拿着一把大大的 T 型塑料画尺，身子懒洋洋地靠在电梯墙上。看他们的神态，母子俩心情应该都不太好。而且一大早出门，应该是母亲送儿子去上学。

“你是学什么的，用这么一把大尺子？是学美术的？”

“不是，他是学设计的。”儿子没有反应，母亲代为回答。

“噢，学设计的，那就是我们未来的大设计师哦。”

“不不不，我，这怎么可能？”男孩吞吞吐吐地回答，一脸的羞涩。电梯里的气氛一下子解冻了。

“如果不努力，肯定不可能，儿子啊。”母亲深情注视着孩子。

“如果努力，一切皆有可能。小伙子，我们楼栋未来的设计大师，是不是啊？”我向他竖起大拇指，微笑看着他。

“如果有目标，肯努力，什么事情都可以做好！小伙子，你喜欢设计吗？”

“喜欢。”男孩点点头。

“做自己喜欢做的事，开心尽全力做好它，好不好，设计大师？”

男孩终于笑了，显得意气风发。

到了负一楼，我拍着男孩的肩膀，弯下腰左手做引导手势：“请我们的设计大师先走，慈爱的母亲随后。”

男孩笑得更灿烂了，愉快走出电梯，回头说：“叔叔，再见。我一定行的！”

“你一定行的！再见！”

跟随在他后面的妈妈忽然转过身，轻声对我说：“谢谢你的鼓励，但他只是一个技校生。”

“是不是技校生不要紧，他行的，你一定要相信他，全力支持他。记住，相信，就一定行！”

我举起拳头示意，看着她。她也举起拳头回应。

两个人的眼神一下子碰在一起，我们同时坚定地点了点头。

2023 年 11 月 6 日

一场读书分享会

今天的读书分享会，很有文化厚重感。

风和日丽，西江秀美，高朋满座，书香芬芳。正值第28个世界读书日，由市级相关单位主办，对作家李伯瑞创作的《西江清流——区大相》、作家刘东创作的《西江风流——区大伦》两部高明历史人物小说进行读书分享。

歌唱朗诵表演拉开了分享会的序幕。

本地歌手一首村歌《阮涌之恋》一展其美妙的歌喉。

歌手着一袭浅红色衣裙，轻盈地走上舞台，飘然进入花屏。这位女歌手台风自然大方，唱腔清幽流畅，感情真挚细腻，柔美的声音马上就把大家带入悠悠历史长河之中，仿佛阮涌村古朴秀丽的自然风光，秀丽河的缓缓流水，大榕树伸展繁茂的枝叶，古巷中、谷场上、私塾里先民们劳作、生活的画面一一呈现。歌唱伟大的时代，也在不断创造新的时代。歌声里历史的厚重凝练，时代的霞光荟萃，让我们思绪的朵朵水花随着音符的跳动在时空的波心里来回荡漾，久久流淌。全场霎时爆发出热烈的掌声，岭南名儒区大相、区大伦家乡那段不平凡的沧桑历史在空中绵绵传响。

本地朗诵者对作品《西江清流——区大相》的精彩片段进行朗诵。

她脸庞端庄，乌黑的头发拂肩而下，飘逸优雅，高挑的身材配上一袭浅色衣裙更显沉静。上台后她先弯腰致谢，随后开口朗诵。清脆的声音如一弯潺潺溪水，“清泉石上流”般清幽宁静。溪水流淌，汇聚八方，声音渐渐变高变强，恍若轻风白云越过山岭，不着一点痕迹地飘然而上。字字铿锵，句句豪迈，仿佛眼前就是“飞流直下三千尺”的惊天轰鸣，或如草原上万马奔腾。忽然，声音变得轻柔，来了一个九曲十八弯的迂回曲折，慢慢地降落到“野旷天低树，月涌大江流”的旷野之中，那浩渺的河水温柔铺开，轻轻地，轻轻地流向远方。此时，全场寂静无声，即使一根针掉在地上都能听得见。过了一会儿，掌声才热烈响起，是一阵雷鸣般的声音，人们的目光齐刷刷汇聚在长发飘飘的朗诵者身上。

歌唱朗诵表演让人如痴如醉，专家们的点评更是精彩纷呈。

中山大学教授认为，创作历史人物小说应先对人物定性，后把人物写活。区大相，清正廉明，一生爱民，是一位真正的清官循吏。但更重要的是，他是明朝破除台阁体虚华流派影响之后，开创真情务实岭南诗文流派的奠基人，诗文贡献同样至高至伟。小说里时间空间转换自然，文章脉络清晰严谨。创作历史人物作品的第一要务，不正是作品的人物定性、脉络结构与鲜活的形象吗！

佛山科技学院教授的发言更加让人感受到“书香能致远，书香涵养人”的真意。文化自信，需要地方挖掘历史名人，承接鲜活的文化底气，让后人能时时与前辈先贤进行心灵对话。小说语言清爽有趣，内容贯穿民风民俗地方特色。地方文化能薪火相传，中华文化之根才能永固，中华文化之魂才能长存！

专家们对作品的评价与建议，观点深刻独到引人深思，促使当地对地方历史人物精准挖掘、创作并快速转化为文化成果，从而进一步振兴高明地方文化。以前对于高明地方文化的发展前景一直难抱希望，今天的分享会让我的疑惑一下子雾消云散，心里从未有过那样的充实、自信与丰满。连美丽大方、经验丰富的主持人对专家们的精彩发言也连连盛赞“惊喜不断”，以至于激动到几次语塞。会场的氛围始终都是那样温馨，思想智慧的光芒不断照亮会议室的每一个角落。

最后一个环节，专家、作者与观众互动交流。

专家们一番谦让之后，观众随即争相提问，从不同角度对高明地方文化的挖掘、提升、推广以及从过去、现在、未来寻求答案。工作人员穿梭在会场快步递上话筒。这个时候台上的专家们毫不谦让了，一边专心听着问题，一边沉思着，眼睛的余光还紧紧瞄准正在发言的人，以便争抢话筒，去热情回应观众的每一个提问。他们对高明传统文化、红色文化的界定范围、推广措施、注意事项、未来前景等方面进行了深入的研讨交流，为高明地方文化的全面振兴贡献着各自的智慧和力量。台上台下来回相接，问题回答连环相应，会场真是春暖花又开，西江逐浪高。不知不觉已过十二点，活动在依依不舍中圆满结束。

这是一场普通而又不平凡的读书分享会，在庄重的文化氛围中，我感受到历史时空的博大与厚重，感受到思维撞击所带来的智慧的灵动与灿烂，对我们高明文化振兴满怀希望。

2023 年 4 月 28 日

看望冯姨

周日上午，我和妻子又去看望刚刚认识的冯姨，一位七十多岁的孤寡老人。

很久以来，我和妻子每逢周六、周日上午都会去龙涛湾爬山。停车场附近有几棵高大的榕树，躯干粗壮，枝叶繁茂，一排老旧的红砖平房静静地蹲在树荫底下，细碎的日光斑驳地落在地上，也落在平房的屋瓦上。爬山回来在车边休息时，偶尔就能看到一位老人，佝偻着身子，孤零零地坐在门前晒太阳。

有时我就想，老人家怎么一个人住在一排空荡荡的老旧平房里呢？

一天上午，我们爬山下来准备开车回去，忽然听到一个声音："靓女，你过来一下。"向我们招手的正是那位老人。

妻子赶紧过去，回来后告诉我，老人是让她帮忙打电话给其侄女，她看不清手机的按键。还说，她是一位孤寡老人，驼背，眼睛也看不太清楚。

我吃了一惊，原来她是一位孤寡老人。那么她的生活有保障吗？谁照顾她呢？

在家里与女儿谈起这件事，女儿说，帮助别人，就是帮助自己，我们应该去看望她。于是我和妻子商量下次爬山一定顺路去看望老人家。

就在昨天，星期六上午，我们预先买了一些橘子和香蕉，下山之后就向老人住的房子走去。

原来的老旧平房前面刚刚新建了一座临时性保障房，老人正在房前坐着，光着两只脚晒太阳。冬天的太阳暖和地照在身上。

“阿姨，你在晒太阳啊，我们来看看你。”

“噢，谢谢，谢谢，请坐。”

“阿姨，你原来是住平房的，现在怎么住在这里了？”

“老房子住不了啦，全漏了，空了。感谢政府给我建了保障房，住在这里蛮好的。”老人看起来很高兴。

透过门缝看她以前住的旧平房，屋梁已经倒下来了，屋瓦破碎一地，里面空空的，既不能挡风也不能遮雨，真是“漏了，空了”，绝对不能住了。看到冯姨住过的旧房子，一股浓浓的悲凉与伤感涌上心头。

“阿姨，我们买了一些橘子、香蕉，你应该吃得动。”同冯姨在门口一起坐下，把剥好的橘子递给她。

“看我还带东西来，不用带东西。谢谢，谢谢啊！”

阿姨赶忙站起身，手颤抖着，弓起的腰身仿佛一个大大的书名号。我扭过头去，眼角马上湿漉漉的。

新房子有两间屋。一间是卧室，摆放有床、桌子、椅子和其他杂物。另一间是厨房兼卫生间，特别是里面还专门配了一个坐式抽水马桶。总体来说，房子通风、敞亮，生活设施也基本齐全，政府建房考虑还是很周到的。

“阿姨，你姓什么？多大年纪了？现在有人照顾你吗？”

“我啊，姓冯，共和国诞生的那一年出生的，已经74岁了。我也是高明人，是秀丽河边上一个村子的。全高明人都认识我啊。”冯姨特别大声地说出最后一句。

“政府很关心我，镇里、村里、林场，还有居委会、妇委会，都经常有人来看我，还送米、送油、送面什么的。村里叫了一个社工专门照顾我，她每周来一次。”

“太好了。社工对你好吗？”

“好！好！帮我整理房间、打扫卫生，还帮我买东西呢。她四十岁了，家里也有两个小孩。”

妻子剥着橘子，我剥着香蕉，一边吃一边聊着。中午的太阳暖洋洋的。

与冯姨告别时她紧紧拉着我们的手不放，嘴里不停地说：“谢谢你们，祝你们身体健康，工作顺利，多赚点。祝你们身体健康……”

握手告别时我感到冯姨的手冰冷冰冷的，心想她应该需要一个保温杯。在回家的路上，我们便决定第二天还去看冯姨。

今天，天气很好，一样的晴空万里，暖洋洋的太阳格外招人喜爱。我们爬山回来便径直走向冯姨的房子。

远远看见冯姨正拿起衣架上的衣服往晾衣竹竿上挂，她仰起头来，举起，一只手在空中摸索着，一只手挂一下，没有到位，又摸索着，举起，再往上挂，还是没到位，继续挂，衣架终于扣在竹竿上了。我赶快跑过去，心里一阵难过。

“冯姨，我们又来了。”

一听到声音，她马上转过身来。

“冯姨，你知道我们是谁吗？”

冯姨抬起头，听了听，想了想：“你是小张，你是阿珍，是吧。快进屋坐。”

冯姨抬头的时候，我看见她的眼睛，左眼眶全白了，右眼膜暗淡朦胧，眼圈看起来好像只是小小的一颗黑豆。难怪连晒衣服都这样艰难。

我们打开带来的礼品盒，拿出保温杯、毛巾、糖果，抓住冯姨的手，教她怎么使用保温杯，这样就可以随时喝到热水，还可以用它来暖手。

“又带东西给我，谢谢你们，下次不要了。”

“冯姨，你小时候读过书吗？怎么就来林场了呢？”

“我当然读过书，读到五年级，家里有五个姐妹，年轻时我有一米七，也是美女呢，一直在家里耕田干农活，后来嫁到这里，老公是林场的，他十多年前去世了。”冯姨站起身，两只手摸摸索索往前伸过去，想到桌子上拿昨天我们送来的橘子给我们吃，被我们劝阻后又一起坐下。

“冯姨，你有小孩吗？”妻子贸然一说，马上顿住，小声说，“冯姨，不好意思。”

“我生过小孩，没有养活。不要紧的，过去好多年了。因为农活辛苦，年纪大了背就驼了。阿珍，不要紧的。”冯姨拉过妻子的手握着。

煲里的水开了，妻子拿起开水壶装上水，然后仔细教冯姨怎样把水装进保温杯，怎样使用保温杯，然后把杯子递到冯姨手上。

“真暖和，真是暖和！好，好！这个东西很贵吧？”

“不贵的，它可以喝热水，又可以暖手。”

忽然收音机响了：现在是北京时间十二点整。

“这个收音机很好，是别人送的，它会报时，如果没电了还有声音提示呢，我经常听歌，特别喜欢听我们的粤曲，我们打开来听听吧。”

冯姨高兴起来讲话就停不下了，脸上露出一丝丝明亮的光。

我们三个人坐下来静静地听着，冯姨双手捂着保温杯，一边喝着热水，一边摇晃着身子，有时还会跟着曲调有滋有味地哼出一两句歌词来。我们一起沉浸在粤曲悠扬的旋律和快乐之中。

不知不觉开心聊了许久，我们要告辞了。冯姨赶忙起身，几次想拿起桌子上的橘子和香蕉给我们回礼，我们连忙阻止她。

“在这里吃饭吧，一起吃饭吧。”冯姨急切地说。

冯姨的左手拉着我的右手，右手拉着妻子的左手，嘴里嗫嚅着，久久拉着不放，反复说：

“谢谢你们，祝你们身体健康，工作顺利，多赚点……”

离开冯姨的房子时，我的鼻子一酸，眼泪实在忍不住，一滴一滴地往下流，在心里我大声对自己说：

“冯姨，祝你安康幸福，开心快乐，我们还会来看你的！我们还会来看你！”

停车场上，和煦的阳光穿过树林照射下来，也照在我们身上。一阵清风吹过，身边的青枝绿叶微微摇曳。

2024 年 1 月 15 日

第三辑 情理篇

载着联想的翅膀去远航
握着贯通的触角走四方
在人生的征程中
成长是蜕变的继续
成熟就是修剪的刀功

真情感悟身边的万千事物
在理性的光辉之中
感受轻松明亮，沉稳大方……

麻雀的聚会

站在二楼过道上，欣赏对面榕树上一群麻雀的欢快聚会。

学校的小院子被四面楼房包围，紧挨着楼房，在广场的四周，长着一些高大的榕树和芒果树，郁郁葱葱的。一大群麻雀在一棵榕树顶上相聚。它们上蹿下跳自由自在，呼朋唤友叽叽喳喳，高兴极了。也许它们是春回大地之后，老朋友喜相逢呢；也许它们本来就是一家人，正在享受温馨的天伦之乐。

忽然，旁边楼房上面有人抛下一件杂物，垂直而下，从榕树的枝条中间穿过，咣当一声，重重掉在地上。

树顶上的麻雀一听到声音，马上惊慌起来，在树丛中急速穿插奔逃之后，随即站在枝条上一动不动，全部凝声屏气，周围一下子变得寂静无声。

院子里宁静了。我耐心等待，等待它们平静之后，恢复原先的欢快。然而，我一直等待着，焦急等待着，过了许久，它们依然无动无息，再也没有恢复原先的自由欢快。麻雀们现在一定也处在难以忍受的煎熬之中。

看来，麻雀受到的惊吓实在不轻。我带着深深的遗憾离开了过道。

麻雀们的一场聚会被人类不文明的举动打断了，中断了它们难得的欢快自由时光，它们内心所受到的惊吓和恐惧，也许会给它们未来的生活留下沉重的阴影。

这，就不是一次普通的打扰，而是一次彻底的打断。

打扰，仅仅是中间受到干扰，好似来了一段不愉快的小插曲，静待之后就可以恢复，还可以嬉笑如初，秩序如常。而打断，则是过度干扰，导致原来的存在状态无法恢复，是一种强制性的行为，甚至是一种不可理喻的结束。打断的破坏威力，可能是前后联系的中断而使局面混乱不堪，可能是发展趋势出现桥梁崩塌而一时变得无路可走，更可能的是一个人的人生前程逼近大海而只能望洋兴叹。

打断了一场欢快的相聚，或者说今后也无法弥补的痛苦的相逢，送来了一场不欢而散。打断了一段流畅的工作思路，带来的就是工作上的延误和一地破碎和失望。打断了一种蓬勃发展的自然天性，带来的可能是心态一时的扭曲，甚至从此内心萌生邪念。那被阴暗包裹的心灵，需要大量柴火的反复温暖才能唤醒和重生。如果打断了一项孜孜以求，又当意气风发，内心无比坚信的理想或者追求时，那就是对未来的剥夺，是一场有悖情理的极度的人性摧残，它毁灭的是希望和希望后诸多鲜活美好的种子。破碎的心，可能再也无法黏合；心灵的灯塔，可能再也无法点亮。

麻雀的欢快聚会被人打断了，十分遗憾。希望我们每个人的人生盛宴，都不会被他人无辜打断。

2023 年 3 月 7 日

美丽的修剪

江风拂面，垂柳依依，花草树木姹紫嫣红。我和妻子在滨河公园的绿道上漫步。忽然，前面一丛火红的树木吸引了我们的目光。

它们左右各三,一株挨着一株，分列路的两边，正在热情迎接过往的行人。它们都是笔直的树干撑起大半个球形的身躯，宛如一朵朵聚集在一起的巨大蘑菇。它们枝繁叶茂，树形充盈，没有一片枯黄的叶子。那密密麻麻的枝条一层层厚实圆润地铺开，显得错落有致；而叶子的颜色，从下到上，是深绿、橙黄、微红、深红，层层不同，色彩缤纷。身上蓬勃生长的嫩芽，配上对开的两片叶子，活脱脱一只只展翅飞翔的小鸟。簇拥在树冠上的柔嫩枝叶，颜色红润鲜亮，远看就像一片火红的海洋。那一丛丛燃烧的火焰不停地欢腾雀跃，红彤彤照亮远方。

这一株株修剪过的红鳞蒲桃太美了！

走近去，摸一摸柔嫩的枝叶，抱一抱圆滚滚的树身，心中激情澎湃，身上倏然有了一股不可阻挡的力量。我左边右边来回转换，一圈又一圈细细观赏。

妻子说："确实很美，不过那是人工修剪而成的。"

是的，它们确实是经过园艺师精心修剪，细心培育而成的。经过一次次浇水、培土、施肥，一次次修理躯干裁剪枝叶，再加上自己蓬勃旺盛的生命力，才有了那沉稳自信、美丽大方的独特风姿。

而且，我们人生的每一次美丽的相逢，不也是经过许多次修剪磨炼得来的吗？

人生，就是在不断修剪之中蜿蜒前行。

每一次突来的风雨，肯定是一次痛苦的身心打击，肯定是一次刻骨的意志较量。然而，它也是人生历程中的一次次珍贵的洗礼。洗刷洗刷我们的身子，洁净一下我们的内心，让我们心灵的天空更加宁静；敲打敲打我们的头脑，锻炼一下我们的身躯，让我们前行的脚步更加坚定。生活中每一次有意无意的倾听、交流、观察，都是为我们情感智慧的积淀而流出的涓涓细流，这些珍贵的细流，日积月累汇聚江河归入大海。因此，我们的胸怀才能与大地同游，我们的格局才能与高山相望。如果我们能够坚持人生的自我修剪，正视自己的每一个脚印，乐于重温，勤于记录，敢于自嘲，善于修正，那前方辛勤浇灌的土地上一定是繁花盛开绿树迎风。

不断修剪的人生正如不断修剪的树木，一定会让自己更加沉稳自信，从而美丽远行。

抬头远望，晴空万里，西江碧水悠悠奔流，人们在一片葱茏的花草树木之间来去匆匆，美丽穿行。

2023 年 5 月 13 日

感谢阳光普照

清晨，阳台上，微风轻拂，耀眼的太阳光照射进来，看见铁架上那些原本萎靡不振的花草竟然长得如此茂盛！

刺眼的阳光斜斜地穿过阳台，厚厚地铺开来，照在铁架上、花盆里、花草上。种类不多的花草各显不同的姿态，展开枝叶使足劲头，满满当当吮吸着阳光，滋润着，快乐着，生长着。

我不擅长打理花草，也从不专心打理。花盆都是随意收集的，质地、大小、高低、颜色各不相同。花草种类也是随性保留，并且杂乱无章地摆放在阳台右边角落的铁架子上面。平时既不松土，也不施肥，更不会修剪枝叶，任其自然生长，只是定期给它们浇浇水而已。所谓的花草，难见花朵绽放，大多时候只有稀稀疏疏的枝叶而已。平时我总担心它们会慢慢枯萎死去，没想到有了充足的阳光之后，它们竟然生机盎然了。

看看阳光普照之下那些花草各自的长势和性情吧。

金银花，颜色浅青，叶子细碎，枝蔓纠缠攀爬而上。它的树形一分为二：一部分枝蔓沿着一根短小竹竿往上环绕，爬过竹竿顶后，几片小嫩芽弯着柔软的身子悬在空中，翘首远望，似乎正在向窗外的太阳招手示意；另一部分枝蔓交错，从竹竿底部爬过防盗窗口，伸出阳台，其中一枝长长的小嫩芽随风摆动，好像正在探寻楼下那个奇妙的世界。

一盆桂花树，四株树干从花盆里结伴而出，整齐地往上长。它的树干直而硬，树皮粗糙，树叶青色凝重，不很茂密，有些叶子的边缘还略带枯黄。几片浅绿色的嫩芽从树冠上吃力地冒出来，很小，很短。这盆桂花树就像一位历经岁月沧桑依然意气风发的老人。

芦荟呢，因为它有一定的药用价值，几年前，从老屋搬家时妻子随意剪下一枝种在花盆里。然而，它的生命力十分强大，根部膨大，七八个分枝同时展开，挤满了整个花盆，铺开的枝叶覆盖花盆后倾斜而下。那厚厚的叶瓣挨挨挤挤，好似天上绽放的烟花，正向四面八方炫耀它的身姿，张扬自己的个性。它的叶子细长，叶尖上带着小刺。柔软青色的叶子似乎随时会渗出黏稠的汁液来。

白玉兰空落落地长在花盆里，独享阳光。嫩青色的枝干一柱擎天，傲然耸立又自得其乐。八九片青绿色椭圆形叶子左右呼应着。白玉兰，它独步天下而超然自得。

还有一盆虎皮兰，没有枝干，深青色锯齿状的叶子密密麻麻、层层叠叠挤在花盆的中央，紧紧拥抱在一起，身高整齐划一，没有一片超出花盆的边缘。你看它们，真够内向哦，不想表现自己，也不想打扰别人，只是静静地抱成一团，懒洋洋享受阳光的滋养。

最后，看那盆蝴蝶兰，是过年时一个朋友送的，原先放在客厅里，那时花色艳丽，十分好看。过了不久，它的花朵就凋谢了，只剩下青绿色细长的枝干和几片浓绿的叶子，妻子便把它移到阳台。又过了一段时间，浓绿色的叶子慢慢枯黄，接着变成对比鲜明的一半枯一半绿了，我十分担心它会马上死去。然而现在，它已经全面恢复了生机，叶子左右对称生长，长长的宽大的叶子充分舒展，铺开来，一直伸出花盆。高低大小不同的浓绿色的叶子，绿得直逼你的眼。

我看得呆了，耀眼的太阳光与生机勃勃的花草们组成一幅和谐美妙的图画。

我习惯性拿起花洒，仔细给每一盆花草浇了一遍水，真诚希望在阳光普照之下，我家阳台、家家阳台都能花满枝头，香飘满屋。

2022 年 10 月 11 日

上课的启发

我有多年从教的经验，认为上好一节课，最基本的要求就是吸引学生听进去。

学生状况千差万别，并非人人都态度主动、知识牢固、思维敏捷。学生之中自然有不同类型的情感态度、不同层次的知识积累、不同程度的思维表现。老师首要的工作，就是下大力气吸引学生听进去。听进去，才能让学生有感触，有领悟，有提高。

这就需要老师上课之前明确教学目标、熟悉教学内容、设计好教学过程。

明确上课目标。所谓目标确立，就是要切合学生实际的知识视角、思维层次、情感因素制定准确、集中的教学定位，以拓展学生的知识范围，引导学生的活跃思维，引领学生的思想感情。目标定太高，没有对症下药，学生听不懂，那是无用行为。定太低，没有因势利导，学生无心听，那是低效行为。目标定不准确，飘忽四方随波逐流，或者随意给自己的课堂贴上自以为是的标签，学生听起来在漂洋过海，收获的只是蜻蜓点水，这是胡乱行为。目标定得不集中，方向不清楚，靶心不知何方，行为取向不统一，即使堆积了许多故事，串联了许多材料，设计了许多好的方法，课堂也不过是无头的苍蝇嗡嗡嗡地响一遍，是不明智的行为。如果定向多元，面面俱到，必然带来攻击的处处无力，不如集中一点，攻其一方，讲深讲透，课堂教学才能芝麻开花节节高。

熟悉教学内容。对于所讲的东西，要仔细研究，深入分析，全面把握，不留盲点，不留死角，让自己的了解犹如豆腐配青菜一清二白。有时研究起学问来，范围上可能是古今中外、天南地北、纵横西东；思维上可能是点面结合、正反对比、动静贯通；方法上可能是举一反三拓展思维空间，换位思考进行角色互换，化繁为易。全面通透地掌握知识，课堂讲解才能游刃有余。也就是说，只有自己清清楚楚，才能让学生听得明白；只有自己被感动，表达出来才能让学生感动。如果讲得不清楚，不准确，甚至是错误的，这种误人子弟的行为，就是一种失责行为，更会损害我们教师的美好形象。

设计好教学过程。上课，是在一定的时间范围内延续教与学行为的一个过程，因此必须制定有条不紊的完整的活动步骤，当然更希望过程能精致高效、别出心裁、兴趣盎然。教学过程包括前后衔接适当的预热行为、简明的引导语、充分的铺垫、能力集中提升的突破点和训练点、课堂小结、课后巩固的布置等。

老师先来一个简洁、新颖、独到的上课引导语。一进教室，一开口说话，能立刻调动学生的情绪，吸引学生的注意力。如果方法能别致一点，学生对老师定会刮目相看，浓厚的学习兴趣便在无比敬佩中油然而生。开篇即亮点，多好啊！

接着是循序渐进地延伸。一步一个脚印，由点连成线；一步一个台阶，由浅进入深；一步一盏小灯，由小集聚到大。那是环环相扣的过程，是依据知识的客观主线去带动，随时根据学生主观变化的暗线来融合，双方面紧密联系起来，从而形成实际操作的逻辑严密的教学过程。当然，其中会有跌宕起伏、潮起潮落，也会有紧锣密鼓、陌上花开。视角在逐渐打开，视野在步步拓展，思维在层层贯通，情绪在点点集聚，引领的境界就在次第更新中升华。而且，整个教学过程也是师生充分互动的过程。平等相待、互相尊重是互动的前提。在同一个团队里、同一个频道上，在温馨的大家庭中，一起摸着石头过河，一起踩着肩膀上树，一起循着灯光去探路。师生之间、生生之间同心同行，是多么和谐的教学相长的状态啊！

后面，就需要来一个必要的结束语了。提纲挈领做一个小结来提升，画龙点睛来一个神采飞扬，吉祥如意来一个祝愿指路。话不能太多哦，简洁明了为好；话不能太虚哦，真诚得体为宜。如果讲话内容还能够拔高提升一点，表达上能够委婉生动耐人寻味一点，结束之前给人的印象将会更深刻，影响将会更持久。

上面说的是需要明确上课目标、熟悉教学内容、设计好教学过程三个方面的工作，我们的老师把它叫做“备课”。只有把课备好，备充分，你的课堂活动才能组织得顺畅，老师对学生才能调度有方、得心应手；学生也才能在开头、中间、结束全部过程中专心听进去，始终保持良好的身心状态来认真听你的课。

学生听进去了，而且自始至终状态都很好，这就达到了上好课的基本要求。但学生听进去了还要悟得多，悟得多才能真正学得好。

怎样做才能让学生在学习之中领悟更多、收获更多呢？以下几个方面的处理必须特别注意。

技巧运用不对口

上课，是一门科学，也是一门技术，更是一门艺术；老师是传道授业解惑者，同时，也是专业技术人员。不可否认，上好课是需要讲究技巧的。黑板板书要先设计好，不仅书写要规范清楚，连黑板左边与右边的功能分区也要明确。向不同的学生提问题的方法、深度、顺序甚至时间节点的把握都要恰到好处。引导学生思考、布置学生交流、要求学生课堂互相批改、知识讲解的前后左右迁移照应、能力突破的逐步点拨铺垫等等，效果都需要技巧性地处理才能体现。浩渺的湖泊中一帆远航，无垠的荒漠里一花怒放，那样的画面效果当然是与众不同。众多技巧的恰当运用更是锦上添花，清香四溢。

情感引导太苍白

只讲知识，不表现情感，课堂冷冰冰的，好像自己游离于学生之外，自顾自地演唱。自顾自地唱完，满堂灌之后一屁股走人，怎么能算作传道授业解惑呢？老师是教书育人的，要全面培养学生良好的思想道德和健康的人格品质，在培养人、引导人、影响人上要有深厚的责任担当。带着情感去上课，饱含热情去引导，甚至一举手，学生就会呐喊响应；一抒情，学生就会热泪盈眶。把真心、真情贯穿课堂始终。情到深处，就是刻骨铭心之时，也正是发人深省点石成金的好时机。

语言表达不严谨

可能是不简明，重复啰唆，颠三倒四，不知所云。可能是不准确，意义表达不到位不清晰，不符合时代、社会、学科或者课堂场合上的要求。也可能是不流畅，上下语句不衔接，思维断了线，意义断了层，学生理解费力讨人厌烦。还可能是不生动，枯燥乏味，深奥难懂如天书，入不了大脑，贴不紧身心。如果语言表达不生动，就需要及时化繁为简，由浅入深。例如打一个比方、设一个情景、举一个例子、画一个图表、做一个直观的逻辑推理思维导图，学生自然心领神会，豁然开朗。

当然，上好一堂课，老师内在的、核心的驱动力，一定是“爱的力量”。上一堂课，也是老师综合形象直接或间接的充分展示。我们要热爱我们的祖国和人民、热爱生活、热爱学生、热爱本职工作，当然也要深深地爱自己。真心爱着，深深爱着，天空才会阳光灿烂，大地才会春暖花开，学生的心才能凝聚在一起，身边的每一个学生才能深感爱的温暖，感受爱的力量，萌发一颗颗爱的种子。每一堂课，都是老师综合素养的充分展现，你的高低肥瘦，你的正邪深浅，甚至你的性格特长，在学生面前彰显无遗。

“爱的力量”驱动学生的人生永远劈波斩浪。

2023 年 7 月 24 日

嫩　芽

今天闲坐阳台，无意间看到靠近窗外的金银花，被那些顽强生长的嫩芽深深震撼了。

那盆花泥土不深，花盆不大，中间斜插了一根竹竿，指向墙角，一部分枝藤顺着竹竿缠绕往上生长，另一部分则脱离竹竿，爬过阳台墙基，往窗外生长。

往外生长的金银花一派蓬勃自得。你看，纵横交错的枝藤，爬过墙基瓷片，绕紧铁窗，绿油油的一片探出头伸向窗外的世界。对生的叶子密密麻麻舒展着，青翠透亮。在层层对应的两片叶子中间，接连不断长出嫩嫩的芽儿来。它们纷纷抬起头，穿着青绿柔软的衣裳，芽尖上散开的两片小小嫩叶，就像婴儿灿烂可爱的脸庞。那鲜嫩的叶子，柔软的芽尖，青绿色的小枝柄，齐刷刷统一以斜卧的姿态朝向窗外，向着阳光，向着无限美好的世界伸展自己的身躯。

顺着竹竿往里生长的那部分金银花长势就很不一样了。环绕竹竿往上的枝藤有些粗糙，呈黑青色。藤上的叶子也稀稀疏疏的，大多呈灰绿色，而且许多叶片上面还留有星星点点的斑痕。这大概是远离窗口缺少阳光的缘故吧。但是，你无须为此悲伤，它的生命依然让人惊叹。

看吧，有三枝金银花嫩芽甩开竹竿顶端，旋转身子，从三个不同的方向挺起柔软的胸膛，一起悬在空中，面向窗外遥望。它们的芽叶细小，芽尖细长，颜色也并不鲜润，但神情却是那样的专注、安详。它们没有青翠透亮的衣裳，没有灿烂可爱的脸庞，没有坚实平滑的地面倚仗，一直悬在空中，但仍然展开自己，对着太阳示意，遥向阳光生长。

低下头搜寻竹竿，突然发现稀疏的叶子中间还有几处更小的嫩芽。对生的那两片小嫩叶看不出明显的绿色模样，又细又短，羞答答的，你看着我，我看着你，正在坚守着各自的困窘。还有这里，那里，三两处，灰白色，从叶子中间刚刚冒出头的小豆子似的芽尖，好像正露出半边脸傻笑着，探视着。不，还有，就在这里，是的，在这里，在叶子中间，刚刚挤开了一条小缝，钻出一丁点笔芯尖儿的东西，就像天空中遥远的星星，正在忽明忽暗眨巴着眼睛看着你呢，那一点光亮，宣示着一股顽强的生命正在悄悄萌芽!

是的，那些蓬勃生长、顽强生长的嫩芽，我要高声赞美你们，你们是生命之源，你们是希望之星，是一切新鲜事物的最初的萌发！你们向着阳光生长，坚定自信；你们执着如一的精神光耀四方!

让我们为嫩芽的生命力而喝彩，向着阳光，我们一起出发!

2022 年 11 月 9 日

爱　心

多年前，在一个人来人往的街道拐角处，一大圈人围着一个乞丐。

乞丐的脸脏兮兮的，穿一件破旧的衣裳，露出半截手臂，盘膝而坐。他的面前铺着一张纸，上面写着：请救救我！旁边一顶倒立的破毡帽里稀稀拉拉落着一些残破的纸币、硬币。乞丐面对人群钟摆似的不停地双手作揖，说着“请各位贵人行行好”“请救救我这个苦命的人吧”“好人一生平安”“好人一定有好报”。围观者时不时有人挤出来，往毡帽里投下一些零钱。

四个年轻人路过也从外面挤进来看热闹。看到这个情景，其中一个人马上掏出几张零钱，蹲下，放进毡帽里面，瞄一眼乞丐。乞丐马上作揖致谢，“谢谢贵人相救，好人有好报！好人一生平安！”给钱的人满足地站起身，扫视一下同伴们。一位同伴也马上跟随投了零钱。

同伴之中，有一个人看了一会儿就扭头走了，另外一个看起来心事重重，面色凝重。

四个人离开人群一起行走，路上对救助乞丐的事进行了激烈的争论。

“仁爱之心人皆有之，救急助贫，举手之劳，为什么你们连一点爱心都没有呢？”

“是啊，我不相信你们是那样冷漠小气的人。”

“天下穷困的人多了，我能救得了谁？他又关我什么事？谁来救救我啊？”

“不是我没爱心，也不是我小气，我是觉得，没有必要这样去救人。”

“我也觉得没必要救，冷漠就冷漠吧。”

“不，不，我不是那样的意思，不是不要救，只是这样救助只能救其一时，不能救其一世。”

“你还要救其一世？一时都不救，还救一世？真是天大的笑话。都是借口，你们都找借口，没爱心就是没爱心。”

“你不要急嘛。大家想一想，他穷困的原因是什么？你们讲讲。”

“也许是天灾人祸、家庭变故、疾病伤残，当然，也可能是懒惰成性，不良嗜好……”

“是啊，造成的原因很多，彻底救助一个人，就应该从根本上解决。”

“那你说，怎样才能从根本上解决？怎么才能救其一时，更救其一世？”

“我们可以发动更多人进行公开募捐，钱才会够。这样或许就能救其一世了。”

“天下乞丐如此之多，我们能救一人，又怎么能救助全部呢？”

“救其一时，还要救其一世？救助一人，还要救助全部？你的口气也太大了吧！”

听到这里，大家立时无语，陷入了沉思。

是啊，我也陷入沉思，我们的爱心有多大呢？我们应该用什么样的方式来表达自己的仁爱之心呢？

荒漠之地难生百草，冷漠的人间只能独自承担风霜的摧残。自古以来，我们都是一方有难八方爱心在飞扬。人人仁爱心，众人赤子情，共同凝聚成我们中华民族那道团结友爱的坚固长城。爱心的花朵，在祖国的大地上从来不会暗淡，更不会悄然远离。

爱心，需要时时抖开它美丽的花瓣，展现在阳光之中。爱心的演绎，希望只有临时的转场，不会出现告别的冷光。爱心的心境各有天地，爱心的呈献也一定是千姿百态，但我相信，在人间真爱的万花园里，有你，也有我共同的芬芳！

2023 年 3 月 3 日

做武术教练

昨天晚上，我做了一个奇怪的梦，梦里，我是一名武术教练。

对于武术，我钟爱至今。小时候，因为个子矮小，有一个隐情总在心中闪动：怕受到别人无缘无故的欺负。于是就特别喜欢读香港梁羽生、金庸、古龙等人写的武侠小说，追着看，偷着看，痴迷到自己买来一些拳术棍术书籍，瞒着父母，在僻静的地方一招一式操练起来。到了大学，体育选修毫不犹豫选了武术，学了一些基本的武术动作和太极拳、长拳等。平常喜欢看武侠题材的电视电影作品，像李连杰、成龙、李小龙等武打明星主演的电影百看不厌，甚至有时边看边记录，还写过心得体会呢。就是现在，我每天清晨跑步过后的拉伸活动，依然还有压腿、冲拳、踢腿、劈掌、甩肘等武术基本动作。

真的，我一直喜欢武术，也一直相信，它对强身健体、增强自信心很有好处。

昨天晚上的梦里，住在乡下的我，经常在一排平房前面的晒谷场上进行武术训练。隔壁女主人身材单薄瘦小，常常一边做家务一边饶有兴趣地看我训练。

一天，夕阳西下，清风徐徐，我正练得起劲，爱人忽然发话：“还不赶快去幼儿园接小孩！”隔壁女主人看到这样，急忙说：“不要着急，你接着练，我接小孩的时候一块把他接回来。”我松了一口气，致谢后继续训练。

另一个时间，还在晒谷场上，刀枪棍棒一路摆开，我汗流浃背地练着，不知不觉已到傍晚，竟然忘记接小孩了。

爱人火气十足，噼里啪啦一顿说：“赶快去接小孩，把小孩的生活用品也带回来！”我看着满地杂乱的东西，迟疑了，呆呆站在那里。还是隔壁女主人好心：“你去接小孩吧，我来帮你收拾。”

她多次帮忙，我很感动，就想，别人总帮你，你总要知恩图报吧。那么，我能帮她什么呢？不如教她一个简单实用的防身棍术，问她愿意不，她一听，很是乐意，说早就想跟我练习武术了。

于是我利用现有的棍子，立刻教了起来。

“遇到危险的时候，尽量背靠安全之处，就地抡起棍子左右保护自己。右前方抡起往左后方挥，再抡起向前，接着转向，左前方抡起往右后方挥，再抡起向前，左右交叉来回抡起棍子，就封住了自己的前、左、右。棍术防身要左右交叉，快速转手，舞起棍子，虎虎生风。”

隔壁女主人细心听教，一招一式认真跟我学起来。

两个小伙子路过晒谷场，看我在教棍术，就摇摇晃晃走了过来，嬉笑着说：“光有防御有什么用，别人一攻就破了。”

我一愣，蒙了，但，不是他们说的那样：

“前后左右交叉，往前当然是攻，往后就是防了，攻防不就兼备了吗？遇到危险，防御时不要忘记适时进攻，进攻时要预备防御，攻防结合，才能战无不胜啊！”

我笑着回答。

他们一听，只好灰溜溜地走了。

我的教学安排很科学，隔壁女主人也专心训练，棍术动作慢慢连贯自如了。

我反复提醒：身体稍微下蹲，马步稳住身子，左右手上下握紧棍子末梢，向前左后，转手，右后又向前。眼疾手快，前后左右相随；眼到步动腰随，上下连贯一体；攻防转换，及时流畅，形神兼备，呼呼有力。

隔壁女主人练习一段时间之后，竟然变得身体矫健，动作刚劲有力，在晒谷场上舞起棍子来呼呼生风，连贯自如，邻居们很是敬佩和羡慕。从此以后，她那娇小美丽的脸上总是盛开着春天般的花朵。

忽然，梦醒了，这一切烟消云散了。但棍子舞动的呼呼之风总在我的耳边回响。

梦里做了一回棍术教练，教得也顺手满意。然而，醒来以后，面对人生路上的滚滚风尘，面对以前痴迷的武术，我沉思良久。

一个人，为了强身健体、增强自信进而喜爱武术、学习武术，自然无可厚非，但这只是形体力量的强大而已，只有内心足够强大、思想信仰足够坚定，才是穿过重重迷雾，度过任何坎坷曲折最可靠的航船。

2022年11月1日

上文亦若水

近日，在上班的路上，一家公司厂房打出“上善若水，以人为本”的标语，十分显眼。

“上善若水”出自《道德经》第八章，“上善若水，水善万物而不争，此乃谦下之德也”。意思是，上善的人，就应该像水一样，造福万物，滋养万物，却不与万物争高下，这才是最为谦虚的美德。“上善若水”也常常与“厚德载物”连在一起，其中有一联“上善若水任方圆，厚德载物恒古今”。它的意义就是，人只要有较高的人格修养，有泽万物而不争名利的心态，在纷杂的世间总会处变不惊，活得坦然；人要重视品德修养，能像大地一样承载容养万物，从古到今都是这样。

据说，“上善若水”这句话的来历还有一个小故事呢。从前，孔子曾向老子问礼，见到山中一条溪水，孔子曰：

“逝者如斯夫？”老子曰：“上善若水。”孔子信奉礼教仁义，老子想回归自然，两人表达的意义当然就相距甚远了。

“以人为本”则是一种重视人的价值、尊重人的尊严、关注人的需求、体现人的主体地位的思想理念。它认为，人才是社会发展的主体，社会的发展就应当以人的幸福作为中心，以满足人的物质文化生活需要为目标，让每一个人都能真正享受到社会发展的成果。

这家公司的标语中，“水”这个关键字眼扣住了，“上善”的外在容貌以及它内在的精神气质也就清晰生动地呈现了出来，而且又是在以“人”为核心的天地之间去转动。起点清楚了，我们还怕什么路途遥远呢！

既然“上善若水”表达甚好，那是否也可以说“上文”亦“若水”呢？模仿上面的标语，对于文学工作，是否也可以改成“上文若水，以道为本”呢？

我认为是完全可以的。

这就是说，好文章就像水一样，其质不可浊，其向不可乱，其态不可断，其势不可挡。表达情感是真实诚挚，不可虚情假意，矫揉造作。文章思路清晰流畅，谋篇布局、遣词造句、技巧使用，都是为道而用、自然天成，不可故现华丽，不可故意飘浮。文章的语言表达与读者得到的阅读感受应当也是流畅自如、行云流水的，不可杂乱烦琐迟滞。作者表达的情感态度，对于人类应该是健康的、积极向上的，对社会是正能有益的，这对文化传播、情操陶冶、智慧启迪自然而然形成一股清新流淌的精神力量，也是润泽人的巨大力量。“若水”的好文章必定以道为根本，文以载道，以道驭文；当然也必定是以人为根本，文以载人，以人驭文。

“上文若水”的“水”内涵丰富不同寻常，为了更好地理解它“载道”“润人”的根本目的，我讲一个小时候的故事。

我七八岁的时候，秋末的一天，晚稻已经栽完，而山里水量有限，小水库里排放的水只好分片区分时段轮流灌溉农田。想着自家田里的秧苗干渴难耐，沟渠的疏通、清理早已完成，路线也已经走了好几遍，我也只能坐在分水口边焦急地等待。

终于等到了。“放水啰！”铲子一挖开沟渠，水就争先恐后地向前奔去，一路欢腾畅笑。我也欢快地奔跑在水流的最前端。水势向前奔流，沟里所有的干枯枝叶被冲了出来，推推挤挤顺势前移。遇到小沟，流水会慢慢汇聚囤积，一点点湿润土层升高水位，然后细细地流出去，远看水流的态势，就像一条大蟒蛇在蜿蜒前行。

到了入田口，水转了一个身，放开劲头直扑稻田，滋润着泥土，滋润着秧苗，一小块，一小片，一大片，满田飞奔而去。秧苗嘟嘟嘟喝个痛快。不一会儿，嫩绿的秧苗喝饱了，知足了，不停地晃动着，跳起欢快的舞蹈。而沟渠里的水势已经完全稳定了，清澈闪亮，一路汩汩流淌。

“上文亦若水”，它似一股清泉，润泽人间大地，悠悠流向远方。

如此推论，“上”字亦是若水的，上画也当若水。只要具备“上”的崇高境界，就会有“水”的悠然风采。

2023 年 5 月 16 日

心不死

周日的上午，冷风阵阵，寒意袭人，我和妻子照旧在龙涛湾山路上散步。

如此寒冷的天气，路上难见几个爬山人。我们裹紧羽绒服，竖起帽檐，走着聊着。忽然，眼光一瞥，竟然在路边山脚斜坡上发现一棵不同寻常的树。

它斜躺在山坡上，根部在上树干朝下，身子紧贴着地面，大部分根系裸露在空中，只有一小部分紧紧抓住地表的泥土。于是，躺着朝下的树干的上端，枝条松松垮垮，叶子稀稀疏疏，是一片凝重的黑褐色，中间还略带焦黄。很显然，这里的枝叶营养不良，长得异常艰辛。

然而，在斜躺着的树干上却密密麻麻长出许多枝条来，从挨近根部那儿整齐地往下排开，与躺着的树干几乎形成标准的直角。它们一枝紧邻一枝，蓬蓬勃勃地生长着，粗细高矮似乎还在互相竞争、一比高下呢。它们的枝干青绿润滑，叶子苍翠清亮，透出一股非凡的俊秀优雅。很明显，它们枝繁叶茂，生长得健康快乐。

于是我有感矣，纵使身子已经躺平，只要心没有死，人生仍然可以生机盎然；此处不亮堂，他处有胜光！

2023 年 12 月 24 日

一场优秀的家庭教育现场会

——评许地山散文《落花生》

《落花生》是作家许地山的一篇叙事散文，写了种花生、收花生、吃花生、议花生的家庭活动。作者用平静如水的语言，通过托物言志的手法，表达了“人要做一个朴素的，对社会有用的人”的人生大义。文章寓意深刻，确实是一篇经典散文。

从家庭教育活动的组织过程以及对当今家庭教育的启发意义上看，这篇散文也可以说是一场优秀家庭教育现场会的记录。

先看看这篇散文记录了一场什么样的家庭教育现场会。

教育主题的时间选择很及时。在花生成熟的条件下，马上开展“如何做人”的家庭教育主题活动，这是十分及时而且有必要的。成才先成人，立德先立身，如何做人，是家庭教育中最重要也最需要持续进行的内容。

教育活动流程安排得很清晰。活动爱吃花生么、说说花生的好处、父亲拓展引导、大家讲感悟、父亲对未来提出希望。这样的安排层层深入、环环相扣。父亲先营造融洽的家庭教育氛围，在大家各抒已见说出了花生的好处后，就开始进行说理引导，待众人讲出各自的认识感悟后，父亲马上对子女的未来提出希望。全部活动简明清晰，借花生的寓意来教育人，当然也是水到渠成。

过程中氛围调动的方法丰富。在大家共同种花生、收花生后举行一个丰收节，时机把握很恰当；在后园的茅草亭过一个丰收节，地点选择很合适；做好几样花生食品边吃边聊，辅助手段很到位；请父亲亲自参加，而且父亲能平和亲切地与子女交谈，身份定位很准确；交谈问题，先易后难，层层引导很自然，希望表达很贴心。活动氛围调动的手段简单多样，自然有序，自然就能达到“深深印在心上”的教育目的。

那么，这篇精短的散文，这一场优秀的家庭教育现场会，面对当今家庭教育中普遍存在教育主题不明确不系统、教育方法简单粗暴的社会现实，又有什么样的启发意义呢？

开展如何“做人”的家庭教育，我们思想上要特别重视，行动上要持久开展。教育子女如何“做人”这个问题，各位家长千万不能掉以轻心。子女成才不成人，这是绝对要不得的。做一个堂堂正正的人，做一个对社会有用的人，这是必须的、基本的要求。一个人做人不稳健，一路行走的姿态就很容易轻浮摇晃。

如何开展“做人”的家庭教育活动，过程组织要及时、简明、有效。要及时去开展，不要以为在家里，理论上反复强调过啦，口头上经常说过啦，就认为子女的思想已经通了，道理也明了，应该没问题的，这极有可能只是父母的一厢情愿。教育人，尤其是教育子女如何“做人”，绝不能轻描淡写地对待，一旦拥有了素材具备了条件就要有意识、及时、持续地开展。当然过程要简明，不可过于复杂。家庭教育活动中，有时过分刻意强化一些措施，反而会让子女反感。当然还要注重效果，决定活动效果好坏的标准有三个。一个是气氛是否融洽。子女能够真正说出各自的看法，有互动才会有感知，如果一言堂，只有父母滔滔不绝地讲，子女们没有充分参与进来，活动效果肯定不理想。要考虑一个正确的引导能否在子女心里产生共鸣。子女有认同才会有改变，认同你的道理才会信服你的教育方法。还有，对子女的行为是否提出了明确的要求。子女的认知转变需要自我行为的实践来兑现，从而自觉养成习惯。习惯自觉养成了并能持久，才真正实现了教育人的最终目的。

最后，做好“做人”的家庭教育活动，要具有浓厚的情感基础，要在浓爱重情之下举行。没有“爱”的教育是苍白无力的，没有让人感动的教育，效果是极其有限的。慈母的爱、严父的情、兄弟姐妹的亲密和睦，家庭的温馨融洽，如此条件之下，那淳淳的教导、殷切的希望，才能让子女入心入脑。对待子女，少爱是放任，溺爱是纵容；如果空泛滥用你的爱，子女给父母的回馈常常是无动于衷；只有精心点缀、恰当使用，才能雕琢子女成人成才。现实当中，不乏“爱”的泛滥成灾、得不偿失，引来无数家长的极度伤心和无奈，这种现象值得我们深思。

《落花生》是一篇浅显朴素的经典散文，品读它，犹如欣赏一场优秀的家庭教育现场会，你也读一读吧。

2022 年 11 月 21 日

高唱一曲“绿”的赞歌

——评朱自清散文《绿》

金色音乐大厅座无虚席，舞台上正在演奏一场精彩的交响曲，高唱“绿”的赞歌。

报幕（主持人出场）：今天我们演奏一场对梅雨潭的“绿”的赞歌，让我们感受作者对“绿”的赞歌的层层心路历程，敬请欣赏。

预奏：全场安静，众声齐奏。预奏乐曲缓缓起音，梅雨潭的情景，一步一步向你走来。远远听到一种声音，远远看到一挂白水，梅雨亭浮翼展翅，梅玉瀑倾泻撞击。瀑布的水花晶莹飘散，又急速入怀。美丽的梅雨潭，如画的周边景色，铺垫深深赞美的情意，奠定了赞歌热烈明快的高亢旋律。

起调：追逐“绿”。赞歌的序曲拉开了。一丝悠扬的乐曲在空中飘扬，轻盈欢快。忽然，急促之音连声响起，那“离合的神光”招引着我，急切的心追逐着，快速来到汪汪一碧的潭边。急迫追寻的原来是你！

聚调：赞美“绿”。咚咚咚鼓声敲响，乐曲伴奏，群音高扬，响彻大厅。心里因潭水的绿的摇荡而醉，手臂因奇异的绿波相拥抱，醉人的奇异的绿啊！高调聚焦，心情激荡迸发，我们的心一下子被高高的音调拉起，乐曲也迅捷提高，悬接大厅上方，连绵不绝，层层加高，淋漓尽致地演奏着“绿”的赞歌。高声赞美的就是你！

拓展：描绘“绿”。随着场上指挥的手臂一甩，高亢的乐曲在空中飞扬，沿着宽大的梁柱盘旋上升，如沸腾的水在砰砰爆发。全体观众凝神屏息。可爱的绿呀，你形态宽松似裙幅，颜色纯净如碧玉。那生动的描绘，就是直抒对你的赞美。但是我看不透，我还是看不透你呀！

对比“绿”。声音再次回旋迸发，高高上扬，尽情飘荡在野外天空之中，飞向远方，来到了北京的什刹海，来到了杭州的虎跑寺，来到了美丽的西湖畔，来到了灯光摇曳的秦淮河上。乐曲飘扬，思绪绵长。我还是无法比拟你，我将用什么来比拟你呢？

想象“绿”。乐曲回聚，思绪回笼，大厅里一下子沉静下来。忽然，钹声一响，众声再齐发，飞扬的乐符跳过山岗，越过丛林，飞上苍穹，在蓝天仙境之中，彩带舞女轻盈舞，挹眼盲妹明目开。醉人的绿呀，我舍不得你，我怎么舍得你呢?

融合“绿”。感情无法控制，激情喜爱物我交融。这时乐曲激越高亢，齐声响亮。观众心潮澎湃，情绪高涨。拍着你，抚摸着你，掬你入口，又深深吻着你呀！我给你取一个名字，我叫你贴心暖心爱你之心的“女儿红”，好吗？！

此时，演奏声、听众欢呼声、朱自清的高声赞美之声响成一片，久久在音乐大厅中回响。

谢幕（主持人出场）：梅雨潭的绿，朱自清情不自禁抒发了热烈明快的赞歌。赞美祖国的秀丽河山，赞美我们美好的生活。让这种深情的赞美与美好的旋律在我们的生活中交相辉映！

2022 年 11 月 16 日

“邱少云烈士牺牲”悲壮场景观后感

碧血洒疆山河秀，丹心报国浩气存！

抗美援朝时期邱少云烈士的光辉形象，在中华儿女的心中永远是一座爱国捐躯的英雄丰碑。

我很喜欢看波澜壮阔的电视剧《跨过鸭绿江》，反复观看而兴致仍浓。今天又看到邱少云烈士牺牲的感人场面，眼泪还是止不住地往下流。

邱少云，重庆人，1951 年 3 月参加中国人民志愿军赴朝参战。1952 年 10 月 11 日夜，随部队在敌军阵地前蒿草丛中潜伏待命。12 日中午，敌军盲目发射燃烧弹在他附近燃烧，为了不暴露目标，他放弃自救，火烧皮肉仍然咬紧牙关坚持，直至壮烈牺牲，年仅二十六岁。

电视剧对邱少云烈士的光辉形象刻画得相当精彩。

潜伏环境是这样的：干枯的蒿草遍布，战士们头戴伪装，趴在草丛中埋伏待命，附近有一条小河，河水清澈，缓缓流淌。镜头由近推向远，烈火中永生的故事情节由此拉开。敌军阵地沟壕纵横，敌军军官巡查阵地，探视前方状况，指挥炮兵盲目发射燃烧弹。炮弹嗖嗖打出去，落地爆炸，其中一发引燃蒿草，火点就在邱少云埋伏的旁边。

随后，不断推进的故事情节对烈士的光辉形象进行了全面细致的刻画。

正面描写方面，多次运用细节描写来表现对烈士牺牲的极度悲痛。

第一次，邱少云发现身后着火，感到意外又疼痛。第二次，他强忍疼痛，紧绷脸容。第三次，他忍受巨大的痛苦，头伏下去又坚强地抬起来，手用力抓住地上的蒿草，奋力抓，手掌用力抓。这是火烧全身感到无比痛苦，心里一再忍受时的动作与神态。最后，镜头定格在鲜红的火苗完全覆盖邱少云全身，熊熊火焰似乎燃烧了整个天空。这样的细节描写充分表现了烈士在无比痛苦之中的无比坚毅、顽强，充分表现了烈士在烈火中永生的崇高形象。音乐也在此时奏响，出现在屏幕上的字句与旁白也恰到好处地升华了烈士的英雄形象。

侧面描写方面，运用多方面的烘托手法来刻画烈士的光辉形象。

剧情再现了敌军官与士兵对话的片段："谁有那么傻，可以让火活活烧死。"是的，一般来说，谁会让火活活烧死，这是不合常理的。然而，邱少云，为了不暴露目标，面对火烧就是一再忍受与坚持，并让火活活烧死自己。这种特殊表现与一般人临场的常规反应形成巨大的反差，从而达到强烈烘托人物形象的效果。还有，火烧场面附近战士的两次神态描写，也起到了有力的烘托作用。第一次，战士们十分着急，嘴巴嚅动着，似乎在说"快打一个滚啊！""快滚到河里去啊！""快啊，快一点啊！"战士们着急的神态十分逼真。第二次，看到火势很大，邱少云仍然在忍受坚持，战士们忍着巨大的痛苦，悲伤地看着，恨不得马上端起枪冲出去消灭敌人。看到火势的无情，看到战友的坚韧与痛苦，战士们伤心难过啊！这又是一次强烈的烘托。最后一次烘托：我军万炮齐发，进攻开始了，将士们高喊"为邱少云同志报仇，冲啊！"的口号，以排山倒海般的勇猛争先恐后向前冲锋杀敌。这是将士们看到邱少云烈士壮烈牺牲的场面后，共同转化出来的一股无比巨大的战斗力量啊。

英雄之壮烈，惊天地泣鬼神！

邱少云烈士牺牲的画面感人至深。烈士以常人无法想象无法忍受的坚毅顽强，为了战斗的胜利，宁愿让火活活烧死，其悲壮的爱国行为和英雄豪气，天地共鉴！

描写邱少云烈士牺牲的场面很宏大。尤其是其中的人物描写，在英雄无法展示语言的场景中，电视通过人物多次的动作神态细节描写，运用多方面的烘托手段，生动丰满地塑造了烈士的光辉形象，高度赞美了烈士崇高的精神力量。

2023 年 5 月 4 日

作品短评三篇

“不平凡”的《白杨礼赞》

“不平凡”的构思线路让人不时品味。

文章思路好像上台阶，拾级而上，步步升华。白杨树，它有“不平凡”的表现。人在黄土高原上奔驰，因为时间太久而倦怠时，它却突然出现在你的眼前。白杨树的出现波澜起伏，实属不平凡。白杨树，是“不平凡”的树种，它笔直、向上、靠拢、耸立，特征异常鲜明。白杨树拥有“不平凡”的内涵。它朴质、严肃、坚强不屈，象征北方的农民，象征家乡的哨兵，更象征新中国历史的那种精神和意志。作者还这样“不平凡”地赞美：它是普通之中不平凡、平常之中不平凡，明确赞美白杨树，高声赞美白杨树。

文章思路敏捷似波浪一浪高过一浪。从出现白杨树、认识白杨树、升华白杨树，到赞美白杨树，内在逻辑严密，语句过渡自然，文章结构承上启下、层层递升。这样的文章我反复阅读，心中仍然感到激情澎湃，品起来也还是那么醇厚清香。

真是一篇“不平凡”的文章。

《荷塘月色》“美”如画

朱自清的《荷塘月色》，精美细描美如画。

在“月光下的荷塘”语段之中，文章从高到低，写荷叶、荷花、荷香、荷波、荷水，展示的空间感很强，描写思路很清晰。运用的修辞手法，比喻形象生动，拟人让人感到亲切。尤其是通感手法的使用，感觉转换，转换新奇，而回味又是那么绵长。比如语段中写“缕缕清香”仿佛是“渺茫的歌声”，用听觉的对象来表达嗅觉的物体，而且共同具备浓厚悠远的特征，修辞使用得极度巧妙。文章里遣词造句准确传神，即便叠音词，读起来也是朗朗上口，优美流畅。

在月光下的荷塘，“美”被描写得细致入微。

在“荷塘上的月光”语段之中，虚浮的月光美如画卷。文章在直接描写方面，描写月光像流水用“泻”字，把无形的东西写出形了；写薄薄的青雾用“浮”字，把看似静的东西写出动态感了，而且写得准确、生动、逼真。在间接描写当中，叶子和花仿佛“洗过”，又好像“笼着”梦，贴切地描绘出一种梦幻似的朦胧美。在对比描写当中，满月朗照喻为“酣睡”，淡云遮月喻为“小睡”，浓淡有别，淡云之中的月色自当别有风味。随后又来一个间接描写，写树影“画”在荷叶上，这仿佛是一枚美丽的印章深深落在了荷叶之上。光与影静静地交错组合在荷塘里，和谐得仿佛一曲协奏曲，静物写出了动态感，用通感的手法写出美妙的音乐般的动感来，真是神奇之笔。

在荷塘上的月光，“美”在多样绽放。

作者语言精美，运用工笔细描的手法，达到了准确、生动、传神的表达效果。其中的景物描写，抓住特征，写活了，写出了具体的形象感，写出了空间层次和神态气韵。全文读起来有如临其境又行云流水、流畅似歌的感觉。

“荷塘月色”，你精美细描“美”如画。

《小橘灯》灯小明亮

这是一种十分简陋的照明灯。它以橘皮瓣为材料，用麻线串联起来，中间放置一根短小的洋蜡头用来发光，再由一根小竹棍挑起便制作而成。

这是一种机智的照明灯。它是小姑娘临时决定、就近取材制成的作品。小姑娘看到天黑路滑，作者走山路需要照明，灵机一动制作而成。这个小姑娘真正是机智灵活。

这是一种人生精神追求的照明灯。小姑娘家庭贫困，父亲外出，母亲又病重，然而她的“镇定、勇敢、乐观的精神鼓舞了我”。小橘灯，是人生精神追求的照明灯。

这是一种民族解放的预告灯。它是众人心中，奔赴革命战场为理想奋斗牺牲的心中明灯。心中有灯，人生有路，到那时“我们大家也都好了”；而现在确实是“我们大家都好了”。小橘灯，是追求民族解放的照明灯。

冰心散文里的小橘灯，灯尽管简陋，但亮度很大，意义不凡。

2022 年 10 月 26 日

感谢图书管理员

三十多年过去了，我还一直记得大学读书时在学校图书馆阅览室里发生的一件事。

那天傍晚时分，一座金碧辉煌的建筑耸立在校园里，展现在我的面前。

从坚固的钢筋水泥缝里，向四周反射出一注注水银光柱，水银一样的光线，一簇簇、一层层、一浪浪，在空中闪耀，翻滚，冲向蓝天。

晶莹剔透的水银光线射向无限的时空，融化了心中阴暗的邪念，丰满了心灵的空间，活络了强劲的大脑，铺设了一级又一级人生进步的平坦台阶。

学校图书馆巨大的吸引力抓住了我，把我拉进鱼贯而入的队伍。我心情愉快进入阅览室，选定座位，放下书包，去借阅我喜爱的书籍。

报刊书架纵横交错排列着，书架周围的座位很快被同学们坐满了。

打开刚刚借来的书，看到第四页，我便看不下去了。

书，强烈地刺疼了我，使我感到惊奇。马上出现的一种想法，又让我感到悔恨，感到兴奋与高度紧张。

贴在身上，心中无比感谢作者、编者。我时不时看一看身边埋头看书的同学，又斜着眼睛瞄一下图书管理员，再扫一眼阅览室大门，出口处畅通无阻。

一遍又一遍抚摸桌面上的书，我一次又一次地感到内疚，可又不想放弃，真的不想放弃。

呆愣愣地抚摸，漫不经心地翻动，似乎每一个地方都是地雷，似乎每一个角度都在监视。稍稍阅读一阵，又赶紧掩卷沉思起来。

下班时间到了。图书管理员一遍又一遍"还书啦""要还书啦"的声音，像催命鼓一样，一阵紧似一阵。她不定时扫射而来的目光，像一把雪亮的剑，一次又一次从我身上掠过。同学们纷纷还书离开，空荡荡的阅览室里就剩下我一个学生。

还是要还掉它！

我挪动步子，慢慢穿过还书的闸门，侧过脸故意躲开图书管理员。但图书管理员还是抬头看了我一眼，又没事一样低头做事。我把书轻轻放进书架，故意露出一个角。

阅览室里早已寂静无声。我愧疚难当，迈着沉重的步子离开。

回宿舍的路上，内心不平静。

这样的阴暗想法怎么会出现呢？这样的贪念怎么会产生呢？这种行为严重跨线了，出格了，绝对，绝对要不得！幸好，幸好今天有图书管理员的提醒制止。你难道忘记了吗，从小妈妈经常对我们说，“小时偷针大时偷金”，什么样的大错都是小错累积而来的，小错不改大错就难收了。今天，我在阅览室里，是图书管理员及时给了我漫长人生的第一次针灸，让我内心的邪魔死穴在它萌发之时得到了及时疗治。感谢这一针！感谢这宝贵的一针！

这样想着，内心渐渐安定下来，脚步也愈发轻松了。

从此，我就坚信，阴暗的贪念得到及时融化，人生的旅程才能轻松坦荡，腰杆才能挺拔！

真的，直到现在，我的心里都在深深感谢那位图书管理员。

2024 年 1 月 13 日

第四辑 情怀篇

萌动于时光的葳蕤

动情于人间的点滴

把爱播撒在阳光之下

倾心于一处风景的辽阔

把盏人生的光明

让心在热闹中分享几处幽静……

家乡的井水清又甜

直到现在，我都无法忘记第一次去河边水井挑水的经历。

我的老家是深山里的小山村，四面环山，山清水秀。小时候家家户户的饮用水都是每天从村外河边的水井里挑回来的。读书时，在六个兄弟姐妹之中，甚至整个村子里，我的成绩向来比较好；后来全村只有我读高中了，家里边、村子里，多年来考大学的希望就沉重地压在我的身上。于是，家里人都尽量不让我做家务，叫我专心看书。然而，看到家里头的生活困境，看到家人早出晚归地艰辛劳作，我怎么忍心一个人静坐房间看书呢？我还是尽量去做一些力所能及的事，包括每天去村外河边水井挑水。

河边的水井是一口古老的泉水井，水清澈甘甜，冬天还冒出一股暖暖的热气。它离我家比较远，大约一千米的距离，路面除了鹅卵石就是黄泥，而且还是一个大大的斜坡。

我挑上水桶，顺着斜坡一路晃荡。路上与叔叔伯伯、阿姨婶子陆续会面，互相招呼着热情问好。走过泥土路，踩过鹅卵石，跨下几级台阶，就来到了水井边。

水井呈正方形，背靠石头墙，古老的石头墙面泛起一层青黑色的苔藓。水井边用麻石条围成一圈，井口外面由大块的石板连接，方便大家排队、放桶、打水。左边放有一个铁桶，桶上系着一根长长的粗麻绳。水井深两米，水面西北角上绿色的水藻悠悠漂浮着。

轮到我打水了。拿起铁桶，抓住绳子，慢慢下降到水面上。学着别人的样子，用力甩动绳子，但铁桶还是在水面上漂着。再甩一下，仍在水面上左右摆动。我左拉一下，右扯一下，铁桶就是沉不下去，在水面上东摇西晃。我把桶拉上来仔细看，没什么问题啊，怎么就打不上水呢？我急了，连汗都冒了出来。

碰巧，同村一位婶子也来挑水，看见我着急的样子。

“怎么啦，亲仔，打不到水吗？”

“是……我打不到水，桶沉不下去……”

“我来教你，你看着。”

她放下扁担，拿过绳子，铁桶便顺溜溜地下到水面。

她拉着绳子牵引着铁桶在水面上带走几下，抓紧，猛一扯，水里的铁桶咚咚一个跟头下去，水立即涌进桶里。然后桶在水里一拉一沉，婶子利利索索拉起绳子，提起来，哗啦啦倒入我的桶中。桶里的井水旋转着，欢快跳跃着。

我看呆了，婶子那一串漂亮的动作干脆利落！

“先要拉直拉紧绳子，在水面上带着桶游走几下，顺势往下用力扯过去，铁桶才会翻一个身，沉下去，水才能流进桶里。你试一下，我看着。”

“好的。”

我把桶放到水面上，拉紧绳子，游走两下，顺势往下一扯，咚咚一声，铁桶翻起身来，水一涌而进，满满一桶。

“书念得好的人，学打水也比别人快，亲仔啊，真聪明，你就是我们的第一个大学生。好了，我走了。”

婶子风风火火走了，但她简短的话语在我的心里划过一条长长的印痕，不断敲打着我的心。

回过神来，我笑了，紧张的心终于放下来。照着婶子教的方法再试，果然，又顺顺利利打满一桶。

满满两桶水，挑起来可不轻松。我两手一前一后紧紧抓住绳子，踩稳鹅卵石，一摇一晃往家走。站稳了，换一个肩膀；往前去，挺起身子坚持。步子迈得越来越慢了，走到村里大队部门口时，累得不得不放下水桶休息。

“亲仔，你怎么也来挑水啊，念书的事全靠你哦。”有人抬起头看见是我显得十分惊讶。

“亲仔，挑水不要挑太满，多挑一趟么。”有人站起身看我的水桶。

“挑水多歇几次，年轻人，不要忍劲啊，会压坏身子的。”有人真诚关心。

村里人不断向我打着招呼，他们句句温暖的话语，柔和关爱的眼神，满含一波又一波真诚的期望，让我感动不已。

“ 亲仔，我喝一口水。”

猛一抬头，叔叔已经站在我面前。他黝黑的皮肤灰头土脸的，肩上掮着一把犁，手牵大水牛，打着赤脚，卷着裤腿，小腿上裹满了泥巴，斑斑点点的泥土印满全身上下。

我急忙舀起一瓢水递给叔叔。叔叔接过瓢，仰起头，咕咚咕咚一阵猛喝，深深吸了一口气说：

“好清甜的水啊！亲仔，挑水可以慢慢挑，读书可要用功啊，我们张家、我们村子，盼望好多年了，到现在都没有考出一个大学生来。现在只能靠你了。记住，要用功，一定要用功啊！”

说完，叔叔转过身，赶着牛走了。

注视着叔叔离去的背影，眼泪止不住地往下流，心中默默回答："叔叔，我一定会用功的。"

我的叔叔，我的亲叔叔，小时候手把手教我写字，教我写对联。在冬天的火炉边，给我讲解放前读私塾时各种有趣的事，也讲他年轻时在地质大队工作时的艰苦经历……霎时，叔叔教导我的场景，又一幕幕在我面前闪现。

"叔叔，你放心，我一定全力以赴，一定考上大学！"我鼓起勇气，握紧拳头，心中的熊熊火焰燃烧起来了。

带着家乡亲人们的美好期盼和真诚关爱，我挺起腰杆，抓稳扁担，迸发出前所未有的力量，稳步挑水回家。

跨进家门，进入厨房，抬起铁桶，哗啦啦把水倒进水缸。急切舀起一瓢水，张开嘴巴，来了一场痛饮。

"家乡的井水，又清又甜！"

又清又甜的家乡水，清晰照见了亲人们淳朴善良的美好心灵。那样的心灵，从我们的历史长河中一路走来，也从此在一位远走他乡的游子心中永驻。

2022 年 11 月 23 日

山里放牛娃

“放牛了，走喽……”

“放牛了，晒谷场见喽……”

下午两点，大嗓门的和平就在村道上一遍又一遍吆喝起来了。

我们马上走出家门，打开牛棚，给牛系上牛嘴簕，赶着牛，陆陆续续来到村里晒谷场集中。

“有没有人了？没有了就出发，今天去狗牯岭山窝，出发！”“出发喽。”“走喽。”放牛娃们齐声高叫，欢呼雀跃地应和着，一个跟着一个。

于是，一支长长的放牛队伍，有水牛、黄牛；有公牛、母牛；有拖崽子带兄妹的，也有光棍司令的；有人在后面赶着的，也有人在前面牵着的，沿着山里的小路浩浩荡荡向前移动。

小时候，平常时间我都在学校读书，但周末和寒暑假的下午几乎天天与村里的小伙伴们一起去放牛。我的家乡四面环山，山窝众多，因此放牛的地点就可以轮流选择。放牛时，我们最喜欢的就是爬树和找野果子吃。

到了狗牯岭山窝，把牛四散赶开，让它们沿着山窝、山坡、山腰满山遍野随意吃草，不过，一定要保证不能下到山窝田坎下的梯田里吃禾苗哦。

“有人带吃的东西没有啊？我家的炒南瓜子，好香哦。”

小伙伴水长高声招呼大家过来。我们马上坐在地上围成一圈，托起空空的手掌等着分享。水长从口袋里掏出一包南瓜子，打开来，闻一闻，巡视一下我们，就一撮一撮地分起来，分到最后一句“吃吧”，于是大家迫不及待地吃起来。先含在嘴里舔一舔，咸咸的，香香的，再用手放在牙齿上，剥壳吐壳，留下细细的瓜子仁格外清香迷人。先吃完的伙伴忍不住，目不转睛地注视着别人手掌里的南瓜子，但也只好强咽口水不吱声。

实际上，经常有伙伴带吃的东西，有花生、西瓜子、葵花子、炒豆子、红薯干、杨梅干等等，而且都是大家坐在一起分享，绝不会搞独食。

吃完了，我们爬树去。大多数山窝里、山坡上长着密密的茶树，山窝里的茶树尤其长得多长得高，一棵挨一棵。

茶树是一种很好的经济作物，可以结籽榨茶油，会结出我们喜欢吃的茶包，还产茶花蜜。它的树干坚韧，不容易断裂；它的树皮细滑，不粗糙，最适合我们爬树玩。

山里的孩子爬起树来个个都是高手。双腿一夹树干，紧紧蹬着，双手交错用力，手腿上下配合，齐刷刷就爬上去了，再高的树都不在话下。大家纷纷爬上树，有的双手吊着树干晃来晃去；有的单手拉着上面的枝条，双脚踩着下面的枝条，身体一重一轻地压着，树枝一上一下地荡着，“一二,一二”一边喊着一边荡起秋千来。我们从这棵树窜到那棵树，像小猴子一样在树上跳跃爬行。有时在树枝丛中斜靠树干闭上眼睛养养精神，有时站在树顶上探出头去远望天空和大地，有时躺在用树枝叠加做成的睡床上摇摇晃晃打个盹。忽然，有人一时兴起，爬上树顶，面向远方，两手合拢做喇叭形状，大声喊“哦哦哦”，我们也一个接一个地喊“哦哦哦”，大山里马上传来一阵阵回音，“哦——哦——哦——”

我爬上树顶，抬头远望。蓝蓝的天空上，飘着朵朵白云。村庄四面都是山，北面章坑寨主峰与三面的山岭相连，恰似一个巨人宽大的胸膛下伸出粗壮的手臂，从两边抱着我那可爱的小山村。山村的景色分明。山腰以上，是连绵不断的松树、杉树、毛竹等高大的乔木与密密的灌木丛，蜿蜒苍翠，波涛阵阵。连片的山坡上，深深的山窝里，是黑青色的茶树林，一棵棵，一丛丛，蓬勃生长。山坡下，层层的梯田像一条条碧绿的青丝带，纵横交错，弯曲延伸。还有我们游泳玩水的小溪，东边溪流引领而下，与西边小溪汇合，又与更远处的另一条小溪拥抱在一起，从山村脚底下缓慢轻柔地流过，流出山村，流向远方。

“饿了吧？摘野果子吃。”伙伴冬古一说完，大家“哄”的一声，纷纷滑下树，飞奔各处寻找野果子。

山里的野果子就是多，许多都无法说出名字来。不同的季节不同的种类，能吃的部位也各不相同：有吃果实的，有吃花、吃叶、吃根与茎的。看，你的脚底下，在绿色草丛里，就有趴在地上蔓延生长的地婆子，星星点点四周散布着圆圆的黑色的果子。摘下来吹一吹灰尘，送进嘴里，清清甜甜，但你的嘴两边一定会留下一条黑色的汁液印，做一回地地道道的花脸公。还有金樱子，小心它有刺，刮掉刺剖开来，抠出里面的籽，去掉外面的毛，那浓浓的甜味，能透进你的喉里去。听大人们说，它还可以泡酒喝呢。映山红，摘下花瓣来，在嘴里嚼，那真是一个酸酸甜甜。还有酸筒杆，青翠嫩绿的茎和叶子，就咬它的茎，含在嘴里，哎呀，真是太酸了。更不用说那些毛栗子、杨梅、毛冬瓜、茶片、茶包、野柿子等等，都是美味可口的好东西。

我呢，最喜欢的还是吸茶花蜜。

茶树开花，那可是我盼望已久的甜蜜时光。满树满树的茶花开满了密密麻麻白色的花朵，满山满坡银树白花连绵不断，真是花似海啊！成群的蜜蜂飞来飞去，嗡嗡嗡闹个不停。我们围着茶花树，赶快在身边找到一枝干燥的芒萁的茎，摘掉上下两段，抽走里面的芯，用嘴吹一吹，就是一个天然的吸管了。对着茶树的花蕾，吸一口，水多，甜味不够，那是刚开花时间过早；对着将要枯萎的花蕾吸一口，蜜太稠，几乎吸不出来，那是花期已过。吸蜜的黄金时段就是中间了。

拉过树枝，吸管对着茶花的花蕾插进去，吸一口，甜甜的蜜水源源流入嘴里，那个纯净清香甘甜啊！伙伴们一个个争先恐后，站在地上的，围着茶树转圈圈；爬在树上的，跨着枝条，靠着树干，上蹿下跳。大家抓起一枝，又抓一朵，对着花蕾吸一口，再吸一口。平时嬉笑喧闹的伙伴们，这时一下子变得寂静无声，只有嗡嗡的蜜蜂在身边与你争抢着甜蜜。

太阳慢慢西沉，对面山上太阳的余晖正在一步一步升高，快要接近山顶了。和平提醒大家，各自上山找牛，然后在山窝集中等待，准备回家。

我沿着我家大黄牛行走的方向找到了牛，同许多伙伴一起在山窝里等着。突然，水长哭着匆忙跑下山来，喘着粗气，结结巴巴地说：“我，我，找不到牛，我家的牛不见了，怎么办啊？”

我们赶紧围过去，询问情况。

“我沿着山腰一直上山，找了好远，还是找不到，不知道去哪里了。”

和平一听，站着想了想，对水长说：“你认识你家牛的脚印吗？”

“认识，我认识，就是这样，是这样的。”水长赶忙在地上杂乱的牛脚印中找到了他家的牛留下的脚印。

“哦，这样，你再跟着你家牛的脚印到山上找，我去山上左边的山岭，东古去右边，怕牛过了山坳。河生呢，去山窝下边看看牛有没有下山，其他人在这里照看牛。注意，大家看清牛的脚印啊。”

“好！”大家赶快行动，水长一溜烟上山找牛去了，“谁先找到谁大声说啊！”和平一边匆匆爬山一边补充说。

不一会儿，水长和东古高高兴兴赶着牛回来了，接着河生、和平也回来了，一场虚惊终于烟消云散，大家开心回家。

此时，晚风习习，山里清新的空气弥漫大地。远方，苍山似海。路边的庄稼，绿浪摇荡。大人小孩脚步匆匆，点点身影慢慢消失在一片宁静温馨的大山之中。

2022 年 12 月 11 日

母亲做豆腐

母亲去世已经六年了，小时候母亲做豆腐的情境历历如在眼前。

母爱如海，我深信不疑，即使在身边看着母亲做豆腐，我也真切感受到母爱的醇厚和芳香。

豆浆过滤

母亲和我抬起装着豆浆的木桶放到外面台阶上。在两张木凳横放的梯子上面放上面粉袋，下面放一个木桶。我双手拉开面粉袋，母亲一瓢又一瓢把豆浆水倒进面粉袋，哗啦啦，豆浆水从袋里渗出，流入木桶。豆浆渣则留在袋中。当豆浆水全部装完，母亲就用力旋转拧紧面粉袋口，摇、抓、挤、压、滚、揉，动作连环齐下，用力的角度上下左右各不相同。很快，鼓鼓的面粉袋变得越来越小，最后成了圆圆的一小团；那豆浆水也只是一滴一滴地往下滴。这表示过滤完成。

豆浆水煮开

把桶里的豆浆水倒入大锅里，盖上盖，旺火煮开。我在灶下忙着添柴加火，但火势总是起不来，只有一阵阵的浓烟从灶里喷出来。“柴火已经够多了，为什么火还是旺不起来？”我愁眉苦脸，困惑不解。

母亲走了过来，理了一下额上的头发，弯下腰，侧着脸，看向灶里面。

“火要烧得大，柴火要多，柴堆底下要空，搭起一个架子来，火才能烧起来。你看，灶里的柴火顺一个方向挤在一起怎么行呢，柴火下面中间摆上一块横木片，搭起架子，一层一层堆上去，火就旺了。”

果然，只一会儿，灶里的木柴就哔哔剥剥烧了起来，浓烟也不见了。火势越来越大，通红的火光一闪一闪，照在我的脸上暖洋洋的。原来是这样，简简单单的烧柴火也要搭起架子火才能旺。

母亲说：“你把熟石膏碾成粉吧。”

我高兴地拿来已经煅烧过的熟石膏放在砧板上，举起锤子，对准石膏用力砸下去。不料，唰的一声，硬邦邦的石膏一下子飞到远远的墙角下。我吃了一惊，怎么会飞走呢？

“啊呀，你不能这样砸石膏，硬东西碰上硬的，当然会飞走。中间加一块软布条垫在砧板上，从边上慢慢往里面一点点敲就行了。”

我立刻找来一块布条铺在砧板上，从外到内敲打石膏，硬的碰到软的，果然就不飞了，而且很快就碾成了粉末。碾完拉起布条，石膏粉又能轻松装入碗里。

“碾石膏也有学问，还要讲究刚柔相济、一举两得呢。”我心里想着。

“妈妈，豆浆水烧开啦！”

听到锅里咕嘟嘟的声音传出来，我赶紧大声叫妈妈过来。母亲匆忙揭开锅，一大股热气猛地冲出来，蒙住了她整个脸。

“你来看，豆浆还没烧开呢。锅里冒气泡，先从锅边突突地冒起来，慢慢地，锅中间也会冒，最后，全锅哔哔巴巴响起来，才算真正烧开了。”

“你以为锅里有热气冒出来，就是烧开了？傻儿子，热了，不等于烧开了，这是火候还不到。”

“原来是这么一回事。”

热豆浆搅拌

“好了，烧开了，拿石膏水来，马上搅拌！”

我一听，知道关键时刻来了，赶快端来石膏水，把空桶放在母亲旁边，紧张注视着。

母亲揭开锅盖，拿起水瓢，快速从锅里舀起豆浆倒进桶里。一下，两下，三下……连续不停地转身。舀完豆浆后，用勺子在石膏水碗里飞快搅拌几下马上倒入桶里。接着，弯下腰，挺起身，在桶里由下往上用力搅拌，哗啦哗啦的声音响了起来。然后，又从桶的边缘顺时针转圈搅拌，飞快旋转起来，桶里的豆浆形成一个深深的旋涡。母亲随后深深弯下腰，舀出满满一大瓢，高高举起，瓢里的豆浆水就从空中缓缓均匀地流了下来，发出哗啦啦啦的声音，落在桶里四面飞溅，散开。母亲一次又一次弯下腰，舀出来，举起瓢……一连串的动作，简直就是一曲美妙动听的钢琴曲。那满满的热气浓浓的清香弥漫了整个厨房。

忽然，母亲停止搅拌，迅速盖上盖，抬起头，站着，两手撑在腰间，脸向着远方，晶莹的汗珠从额头上不断冒出来，几绺湿湿的头发一直粘到嘴边。母亲的脸上绽放着无比开心的笑容。

“妈妈，为什么要那么用力搅拌呢？”

“石膏水要均匀渗透才能变成豆腐花啊，我的傻儿子。”母亲微笑着看向我。

我似懂非懂地点点头。

豆腐花受压成形

过了一会儿，母亲拿起铁勺，揭开盖子，满桶的豆腐花就展现在我的眼前。它，滑滑的，嫩嫩的，轻轻地晃动着，着实诱人。中间那一小窝清水也是清澈闪亮，光耀迷人。

母亲一下子看出了我的心思，轻轻地舀了一碗，加上几勺白糖，递给我，注视着我，满满的喜爱、期待、幸福都镌刻在母亲灿烂舒心的笑容上，凝聚在母亲那一汪温柔晶莹的眼光里！我端着碗，一勺一勺慢慢吃着，时不时瞟一眼慈爱的母亲。豆腐花含在嘴里，滑入喉里，甘甜清香嫩滑深深留在我的嘴里，留在我的脑海里，从未消散。

吃完，我和母亲一起抬起木桶放在屋檐下。台阶上已经架起两张木凳，上面横放着一张木梯，顺势排开放了五个槽形木箱，箱子里面垫上了大小合适的纱布。

母亲小心谨慎地用瓢舀出豆腐花，慢慢地轻轻地倒入木箱纱布里，我两手拉开纱布配合着，共同呵护美丽神奇的豆腐花。一瓢又一瓢，倒满一箱后，拉一拉纱布，前后左右四个方向叠好，盖上盖子。这时，从木箱里渗出的水唰唰唰地流了出来。装满一箱，再装一箱，直到豆腐花全部装完，再用一张木梯压住木箱，上面均匀摆上几块石头。只见一大排豆腐木箱静静卧在梯子上；箱里渗出的清水你追我赶唰唰唰地流着，似乎正在奏一曲高山流水。豆腐花呢，在木箱里一点点一层层挤着，压着，互相渗着，慢慢汇成块，凝成型，变成了厚实、洁白、清香的豆腐。我站在母亲旁边，抚摸着那几个木箱，听着水流的歌唱，细细品味豆腐散发出的醇厚芳香。

母亲做豆腐时的不凡举动和她至真仁爱的眼神，在我的心中，像海一样，一浪又一浪传递至远方……

2022 年 12 月 7 日

推磨记

打小我就十分敬佩父亲，他是我崇拜的一座高山。

父亲一生勤俭节约，为人忠厚老实，做事灵巧专注，特别能吃苦敢承担，再累的活，从未听他倾诉过；再难的事，从未看他发愁过，一天到晚总是忙个不停。父亲很不容易养活了我们兄弟姐妹六个，建了四栋大瓦房，娶了四个儿媳妇，还培养出了村子里第一个大学生。就凭这几样，在当时的村子里父亲也是数一数二的人物。父亲的一生确实干出了一份响当当的事业。

小时候，有一次与父亲一起干活，父亲特地对我说，人生的路，就是一颗一颗的黄豆“磨”出来的。

开始我当然不理解，参加工作之后我才有所领悟，甚至可以这样说，我的大半生，也是这样“磨”过来的。

那时初中快要毕业了。一天早晨，父亲叫我跟他去磨豆浆。

父亲挑着担子，一桶是清水，一桶是浸泡好的黄豆。我手里拿着脸盆、铁勺、小扫把，跟着父亲来到村里的石磨房。

父亲先打扫干净石磨周边的卫生，然后从墙上取下推杆，连吹带扫刷干净，又对着上下石磨与漏槽一点点清扫，再用清水一遍遍冲洗干净。

待父亲清扫完毕，摆好物件，我站在一边，在身边木凳上放上装有黄豆的脸盆，盆里插着一把勺子。

父亲手把手教我：舀黄豆时要与水一起舀，而且黄豆与水的比例要均匀，豆子不能太多也不能太少，磨出来的豆浆才会粗细合适。舀好黄豆水倒进石磨圆孔动作要连贯，不能太快也不能太慢，避免与父亲不停推拉的推杆相撞。

我心里一下子紧张了。磨一个豆浆这么复杂，要定量舀，又要准时倒，还得不多不少不快不慢，这太难了吧！

父亲看出我的心思，赶忙说："不要紧张，试几下就熟练了，我慢慢推。"

父亲一推一拉，带动石磨转起来。我舀起黄豆水急忙倒入圆孔，不料铁勺与推杆碰个正着，豆子和水一下子洒满石磨。"怎么啦？看准来啊，快点倒，也要快点出，动作连贯才行啊。"我低头听着，"要么，你用空的勺子试试。"

我用空勺子试了两遍。“对啦，就是这样。”父亲终于笑了。

我舀起黄豆水，顺利倒进去，快速撤回来，又倒进去，马上撤回来。哎呀，这个感觉还真是好。

“不对啊，磨出的豆浆稀里哗啦的，太稀了，你舀的豆子太少，水太多了。”父亲急了。

“也不对呀，舀的豆子太多，水太少，磨出来的豆浆一团一团太粗了。”父亲急得赶忙停了下来。

我急出一身冷汗来，停在那里一动不动，不知道如何是好。“快也不行，慢也不行，少也不行，多也不行，怎样才行？”我心里气鼓鼓的，挥手把勺子丢在盆里。

父亲看着我，停下推磨动作走过来，拿起勺子手把手教我舀豆子与水的搭配比例，教了一次，两次，三次。

“好了，你再想一想，不要急，我等着。”父亲鼓励地注视着我，静静等着。

我心里想着：舀豆水，不能太多，不能太少；舀起来，看父亲推拉的位置，出手，倒入，撤回……

“好了吗？”

我默默点点头。

于是又开始。父亲迈开双脚一前一后站着，身子一倾一仰，手臂一拉一推，不停地匀速地转着石磨。我舀起黄豆水，找准时机，倒入圆孔，撤回来。又舀起，倒入……慢慢地，我的动作越来越熟练，越来越流畅。父亲看着我露出满意的笑容。我也轻松起来。

“可不可以快一点？”

我点点头。于是父亲加快速度，石磨转得很快，我也流畅对接，默契配合。那黄白色的豆浆水一层又一层从石磨中间汩汩流出，从四周溢面而下，汇入漏槽里，又你推我挤，向着出口慢慢移动，咚咚咚流入桶里。

大概磨了三分之二，父亲说休息一下吧，转身坐在一张木凳上，跷起二郎腿，掏出旱烟杆，装上烟丝，拇指在烟丝上面压一压，点上火，美美抽起来。一个又一个烟圈在空中悠悠盘旋着，弥散开来，愈发灰暗了他黝黑沧桑的脸。

“孩子，豆浆是磨出来的。其实啊，人的一生，也是一颗颗的黄豆‘磨’出来的，你知道吗？”

父亲忽然凝视着我，双手夹紧烟杆，对着嘴巴，深深地吸了一口烟，又慢慢地吐了出来。

我摇摇头，又似懂非懂地点了点头。

“你会懂得的，我们继续磨。”

父亲吹了吹旱烟杆，在鞋底上敲了两下，收起来。

弯腰舀黄豆水，保持适量；举起挺身，看着推杆，瞄准进入；快速倒入，马上撤回。动作准确连贯，心里专注认真，与父亲的配合也是行云流水。看着父亲使劲地用着力，艰难地一前一后，一推一拉，脸上亮晶晶的汗水一路一路地往下流，我的心里酸酸的。

动作不断重复着，渐渐地，我的手臂累了，酸了，好像使不上劲不灵活了；腰也累了，酸了，好像跟不上节奏很不自在。但我还是挺着，咬紧牙关，直到舀完最后一勺，才狠狠地伸一个懒腰，捶了捶腰背，彻底松了一口气。

随后，我站在一边，看着父亲，弯着腰细致地清理豆浆，清洗好石磨，盖上塑料布，把推杆挂上墙，带上门回家。

父亲挑着担子，稳稳走在前面，两桶白灿灿的豆浆一左一右摇荡着。我端着脸盆跟在父亲身后，沿着父亲的脚步往前走。心里一直想着，为什么人生的路是由一颗又一颗黄豆“磨”出来的呢？

直到现在，我才慢慢体会到，人生烟雨路茫茫，路，只能靠自己闯出来。其中跋山涉水的主旋律，就是人生的那座推磨盘，它不停地在社会上“磨”着，让自己不断强大。这是在高度碾压之下能力极限的不断突破与有力喷发，是内心固有脓疮的清醒认知与坚定清除。压自己之所长而更强，补自己之所短而更全，忍自己之所不忍而更稳，除自己之未除而更壮，如此反复，“磨”的功力才算到位，“磨”出来的真容才能一路沉稳大方。自身足够强大，人生的路才能越走越宽广。

尊敬的父亲，我不知道我的理解是否如你所想，但你的儿子一直在用自己一生的努力来报答你，报答你的养育之恩，报答你用自己的人生智慧，默默陪伴儿子一步一步“磨”着扬帆远航。

天国里伟大的父亲，你永远是我心中崇拜的那座高山！

2022 年 11 月 27 日

法治河山美如春

“法治高明”宣传栏在高明有好几处，但给我以心灵震撼的就是“西江画廊”之一的“法治高明”普法宣传园地。

它在西江边的滨江路上，临江岸而下就是滨河湿地公园与滔滔南流的西江。驻足观路，一排高耸葱郁的大树在空中枝枝相牵迎风招展，树下规整如一的花圃一字儿排开，与掩映其中的绿树红花、凉亭石凳交相辉映。人流蜿蜒穿行，悠悠闲步美如画，法治春风沐人心。

路上的法治宣传栏以“法治引导，寓法于游”为设计理念，有“法治文化主题石”“法治文化石凳群”“法治主题雕像”“法治凉亭群”“法治石书”“法治故事石鼓群”六个板块，与绿树红花和谐相处，组成一个风景优美的普法园地。

一进入滨江路南边的路中央，“法治高明”四个红色耀眼的大字迎面而来，徐徐拉开我与法治思想一层层的心灵对话。

坐在法治石凳上静静倾听。一条条大理石凳稳重端庄，句句经典话语轻轻在我的耳旁传响："依法治国，兴邦之道""国无法则不立，民无法则无天""弘扬宪法精神，共建和谐高明""学法以明道，用法以立身"……每一句话语都在告诫我们，立法有尺，章法有度；依法治国，始成方圆。法治意识，需要深深烙印在每一个人的心间。然而，我们的法治意识，可能有时会淡薄，甚至有时会疏忽，那么，我们心里"法"的那根弦什么时候会有所放松？我们如何才能不放松？

靠在法治凉亭里凭栏畅想。红梁尖顶，门前一副楹联高悬。"公正廉明"、"执法为民"正在铮铮昭告我们：依法不依情，必依必究悬明镜；正人先正己，公正公开系准绳。公正为民的准则，牢牢镌刻在大江南北中华大地之上。公正为民，就是我们对待所有工作的一块试金石，为民是金，公正是镜，什么时候我们都不能失其准绳，无论何时我们都要拿过来照照自己，果断驱除身上的各种妖魔与邪气！

蹲下身子抚摸端详法治石鼓。圆圆的石鼓正面对面地向我述说"法当有常""三尺法""李元纮判重南山""太守断牛"等等故事。法治思想悠远的钟声从漫漫历史长空中传来，从滔滔江水翻滚波涛中流过，浩瀚云烟里有它的明镜，鲜活凡尘间有它的警钟。法治的践行不能一阵风，更不能一场空，我们有时是否理论上说起来一套套，但面对具体事情时却又观望过多，践行太少了呢？还是看着别人依法行事就行，自己一旦需要果断履行就胆怯了呢？以“法”作标杆为人处世，人生才能真正行稳致远。践行法治，需要人人作为，时时做到。

俯下身子捧起法治石书凝视。两本厚厚的石书，一页一页打开向我们明示:《中华人民共和国宪法》规定了国家的根本制度和根本任务，是国家的根本大法，具有最高的法律效力。《英美法系与大陆法系》阐明了在法律渊源、法律结构、法官权限、诉讼程序等等方面的不同。我们确立宪法根本，明确中外不同，走建设中国特色社会主义法治国家的道路，旗帜鲜明走大道，昂首阔步我中华。把握宪法根本，抓准法治核心，有时候我们工作上会出现前进的方向不明确、发展的思路不通畅、兼顾大局统筹各方面不够顺利，这些问题归根结底就是在法治意识上本与末的问题不清晰，主与次的性质不明确。

……

人流如潮，我一步一步往前走，与法治思想的一层层心灵的对话也在久久进行之中，我的法治思想的天空随之变得愈发清晰、辽阔。

驻足远望，在滨河湿地公园里，绿道纵横交错，花草绿树处处迎风。极目西江，蓝天白云高远清新，碧水南流，轻舟穿行，好一处“法治高明”普法园地，法治河山美如春！

2023 年 1 月 16 日

老师 26 年后的几句话

昨天，我的第一届高三毕业学生给我发了一张同班同学两人的合影照片，仔细欣赏，心有感怀。

那张合影是在一位同学开的公司前台拍摄的。灰白色的瓷片墙上，鲜艳的公司徽标高高居中，横排黑体字公司名称大气鲜亮，两边墙角各摆放一棵浓密青翠的发财树。两位同学站在前台中间，紧握着手身贴着身，并排正视前方。

我凝视着学生的熠熠神采，师生之情油然而生。这是我的学生，是我 26 年前作为班主任教过的学生，也是当今时代奋发进取意气豪迈的年轻人中的一份子。

26 年前我与同学们一起学习生活的一幕幕，仿佛就在眼前。

那是一群多么活泼可爱的学生啊，是一个那样团结奋发的集体啊！师生之间没有任何隔阂，有的只是共同的学习、共同的进步。课堂上，教与学畅通无阻，教学过程行云流水，没有一点点迟滞；师生讨论问题平等热烈，在浓厚的各抒己见氛围之下，常常分不出谁是老师，谁是学生。下课后，我们又是轻松愉快、亲密无间的朋友，经常吃喝玩乐不分离，打篮球、踢足球、打羽毛球，混合编组在一起；唱歌、朗诵、爬山，集体组合在一起。记得高三的那个冬天，外面大雪纷飞，寒流滚滚，而我们的内心，几乎没有冷冻的感觉。班上每一个老师轮流去辅导学生，学生一起一个个知识点去理解掌握，一道道试题去分析领会。师生之间，真诚友好相待，豪迈进取同心，老师与学生的潜力都得到了最大的发挥与提升。当然我们班，也成就了当地文科高考成绩历史新辉煌。

26 年过去了，同学们已经在全国各地过着自己的精彩人生。作为老师、作为班主任，看到这张照片，我百感交集，忍不住情感奔涌，写下了几句话，连同照片一起发上班级微信群，作为毕业 26 年后的老师对那些可爱的学生的再一次祝福：

“那明亮的眼睛直视远方，如一盏明灯闪耀，深邃悠长；那宽正的脸庞展示人间，像一道伟岸城墙，端庄大方。微笑着，坚信人生击水三百年；紧握着，同闯征程风雨似闲庭。一路走来，顺春风澎湃勇争潮头，展意气风发树立竿头。好一双身手挥洒而前行，好一道风景扬帆又起航。生逢盛世我中华，年轻的情怀走天下！”

2023 年 3 月 7 日

荷城广场

高明值得走一走的广场很多，我独偏爱荷城广场的沉稳。

在辽阔高远的天空注视之下，你以长方形的身躯，在城市的中央，浓墨重彩尽现苍树碧翠的神采，庄严肃穆刻下城市成长的年轮，与周边马路上奔驰的车流、四周雄伟林立的楼房辉映，共同绽放高明大地一路征程的五彩斑斓。

你的边界之上，东西两边呼应，各有两路气势恢宏的小叶紫薇，青翠浓密的叶子悠悠飘荡着，粗壮笔直的躯干群起耸立，豪迈而刚毅。你们形象伟岸的高，擎起了半边城市的肩膀；你们性格坚韧的直，竖起一层层宝塔般的桥梁。我确信，荷城广场，你一直在仰望星光灿烂！

广场中间错落有致的高大榕树扭紧身子，凝聚成庞大的躯干，伸开宽广的胸膛，盘旋着尽显大气豪放；青绿色的枝条，密集喷发的姿态就是活力飞扬，那浓密的枝叶正气定神闲地探听四季的脚步。我知道，荷城广场，你一直在凝视太阳升起的东方。

广场的后面，艺术和美的天地里，传唱了多少年多少人的甜歌佳乐，请你侧耳听一听，一定会久久传唱。舞台下面的观众或一圈圈坐着，或一排排站着，一双双眼睛绽放出迷离的神光，一起感受天地人间情怀，一起观摩民间特色专长。舞台外沿，弧线型站立着的硕大圆润的细叶榕们，场场不漏地见证你们点点滴滴的剪影流光。

在广场的前方，巨大的“诚信”雕塑、各种精美的宣传画栏、坚实耸立的立地石、端庄秀气的对联墙，一个个字一幅幅画散发出浓浓的清香，熠熠闪亮润泽心田。它们，就是我们高明人内心深处共同拥有的雅韵与风范。

花圃里，一串红笑了，万寿菊醉了；小路上，小孩子跑起来了，闲坐树底下的老人们心里敞亮乐起来了。看看大妈们的广场舞，那健美的身姿、悠扬的乐曲、飘飞的丝带，使广场处处闪耀着活泼与奔放。

风声雨声荷花盛开之声，我们与荷城广场一起走来，与高明这座城市一起长大。沉稳是荷城广场的模样，雄伟秀丽就是我们高明翩翩起舞的历史篇章！

2024 年 1 月 5 日

荷风飘送满园香

勃勃生机的人间四月，荷城中学第一本铅印校刊终于和大家见面了。一路走来，已有二十载创社办刊历史却依然风华正茂的荷中沉淀了太多的蓄积，从油印的《荷风》小册到打印的《荷风》装订本，无不留下奋斗者的足迹。二十而不悔！于个人而言，是信念的笃定和事业的初成；于学校品牌而言，20年的坚持实属不易，多少孩子的成长与之相伴。而今铅印的《荷风》欣然登场，这是历届荷中人翘首而盼终于实现的梦想。

《荷风》从筹划到集稿、编辑，文学社的师生们都很热心很辛苦。同学们积极撰稿、投稿，编辑们严格审稿、编辑。但由于刊物容量有限，很多同学的作品没能入选，不要灰心，将来还有很多机会。我们的校刊将永远浸润每位学生的心田！我们的校刊是荷中师生共同培育的一棵永远散发泥土芬芳的新苗！她，不仅承载着荷中所有孩子们的梦想，也预示着我们共同热爱着的荷城中学会更加蓬勃向上。她就像崭露尖尖角的小荷，以崭新而独特的姿态给大家以惊喜和希望；她就像我们校园文化建设的一道亮丽风景，为书香校园添上一缕铅墨的清香；愿她如和煦的东风，带来荷花之馨香、文字之雨滴滋润每位读者的心田；愿她像一支接力传递的火炬，引领我们跑向更加广阔和美好的未来。

新时代，新使命，新征程，新作为。荷风文学社作为校园文艺性团体，作为学校唯一的校刊社，必须坚守艺术理想，不忘责任担当，不畏艰辛，勇于攀登，牢记“文运同国运相牵，文脉同国脉相连”，务必追求信仰之美与崇高之美，把崇高的价值、美好的情感融入自己的作品之中，用优秀的作品弘扬中国精神，凝聚中国力量，为实现文学梦、中国梦凝心聚力。

而作为我校校刊社《荷风》编辑部，既要站得高望得远，又要从实际出发，从我做起，从小事做起，立足于为学校服务的精神，全面反映荷城中学的办学理念、办学状况、办学成果，沟通学校与家长、社会的联系，促进学校的全面发展；同时她也将面向全体师生，通过活泼的版面、完备的栏目和翔实的内容，弘扬“学在荷中，爱在荷中，自信在荷中，成功在荷中”的办学精神，描画荷城中学未来发展的美好前景，为广大师生和校友提供展示风采的舞台。

新时代，新荷中，新起点，新希望。诚望荷城中学全体师生员工辛勤耕耘，让“荷风”这块重新焕发青春的园地变得越来越娇娆、富庶。可以自信地预言，在大家的关怀和努力下，我们的《荷风》一定不会辜负所有读者的期望，必将与学校一道，不断成长，不断创新，不断升华，迎接新时代的光辉雨露。风雨与硕果同行！沧桑与凯歌同奏！让我们带着积淀的知识、燃烧的激情、闪亮的汗水、执着的梦想与坚强的生命力量上路吧！让我们真正做一片为君子膜拜的荷，叶卷叶舒随本性，情怀独放花永盛。

夏天悄然将至。翘首而望，一个晶亮晶亮的芬芳校园正姗姗而来。她沐浴着阳光，迎着荷风，含着隽永，充满着新时代蓬勃的朝气。让我们轻轻向她招手——您好，2019年红彤彤香飘飘的夏日荷中！

2019年4月20日

蚂蚁的力量

小时候观察蚂蚁搬家的情景，一直不能忘记。

在泥土路边，我蹲下身子看一群蚂蚁搬家，感到十分好奇。

几只小蚂蚁探头探脑从洞里钻出来，从不同的方向往前散开。接着，有几只蚂蚁陆陆续续往回走，钻进洞里。过了一会儿，一只蚂蚁从洞里出来，在洞口探视了一下，又缩了回去。随后，就出现了惊奇的一幕：一群蚂蚁排着队从洞里密密麻麻钻了出来，长长的队伍，浩浩荡荡，接连不断涌出洞口。有几只蚂蚁忙前忙后，在队伍中间前后接应着。还有几只蚂蚁在洞口边进进出出，好像是在监督队伍前行，又好像是啦啦队在呐喊助威。蚂蚁一露面，就是一个整齐划一的团队！

蚂蚁的先头部队已经走到我的鞋边了。我很久就想现场考察一下蚂蚁的团队状况，于是一狠心，在蚂蚁队伍前面撒上一层泥土，挡住它们的先遣部队，看它们会怎么办。

不一会儿，泥土的表层松动了，几只领头的蚂蚁灰头土脸地从泥土中钻了出来，围着泥土爬了几圈之后，继续向前。

难道挡不住它们?

我又在前面放了一块结结实实的长方形木块。前面的蚂蚁停下来，迟疑了，有几只还掉头往后走，也许是在给后面的同伴传达信息。但前面有不少蚂蚁一前一后试探着，用细小的脚这边踩一踩，那边踩一踩。后面的蚂蚁大部队因为前方受阻，已经挤成一团了。

这一下应该挡住你们了吧，我得意洋洋起来。

然而，稍一分神，低头再看木块边上的蚂蚁时，我吃了一惊。那些蚂蚁竟然重重叠叠拥挤在木块边上，互相踩着叠罗汉似的爬上木块，攀爬过去，一只又一只跌落下来，再继续前行。蚂蚁队伍很快恢复了秩序，依然浩浩荡荡向前行进。

我有些恼怒，怎么会挡不住你们?！我在蚂蚁队伍前面挖一个小坑，往坑里面灌进一些水。这样，你们一定没办法过去了吧!

蚂蚁先头部队继续按计划前行，殊不知前方突然出现了一个水坑，最前面的几只蚂蚁一不留神齐齐跌落进水坑里，一下子漂在水面上，细小的身躯一扑一扑拼命挣扎着。后面的蚂蚁一下子慌了神，马上四面散开，队伍中不断有蚂蚁前前后后地跑动——前进的队伍再次混乱起来。

“这次一定挡住你们了！”我暗自高兴，就在周围弯弯腰，踢踢腿，轻松愉快地来回走动。

可是，蚂蚁前后慌乱一阵子后，慢慢地队伍又平静稳定下来。只见最前面的一部分蚂蚁沿着小水坑边缘左右分开，小心翼翼地探试着，一前一后，又前前后后互相通传，一步一步往前。不一会儿，它们竟然绕过了那个小水坑，在前面汇合了。

实在不可思议！看来，蚂蚁前行的路确实难以阻挡。

你再看，蚂蚁大部队平稳有序地向前，它们走到小水坑边，稍作停留调整，告别漂在水面上的同伴，又兵分两路，继续朝着既定的目标浩浩荡荡前进。

我已经十分敬佩小小蚂蚁的智慧和力量了，蚂蚁前行的路确实挡不住。一群平凡微弱的蚂蚁，一旦组成坚定有力、个个为之奉献的团队，那它前行的威力是不可阻挡的。

集中显示风景，合作更显威力，如果我们能像蚂蚁一样，具备团队意识，保持统一的方向和奋发的状态，拥有坚韧不拔的非凡毅力，那前行的威力一定也是不可阻挡的！

2022 年 11 月 21 日

致中老年朋友的一封信

中老年朋友们：

大家好！

拥有全面健康，才有真正的全面小康。全民健康行动，在现在的中国，已经是潮流云涌，群起乐动了，男女老少都热爱运动。我运动、我健康、我快乐、我幸福，已经成为全体国民的普遍意识和共同追求。

然而，运动人数在急剧上升之时，仍有不少人，尤其是急需健身的中老年朋友，对于健身运动，有人迟疑观望不行动，有人在三天打鱼难坚持，有人在蜻蜓点水不深入。因此，我热切希望各位朋友，听我说，中老年人快乐健身行动，需要逐步突破五个层次。

第一，实现情面上的突破，果断“动”起来。

万事开头难，难在事态的不知情、难预测，也可能是难以突破固有的思维与习惯的做法，甚至是难过情绪上的关口。情绪上跳不出来，体面上拉不下去，习惯上就会不适应。去跑跑步啊，别别扭扭的；去打打球啊，犹犹豫豫的；出去散散步啊，拖拖拉拉的。心动，更要行动，有人却迟迟不动。要有对自己、对家庭、对工作敢于担当的意识和决心，要有破釜沉舟决不回头的勇气和豪迈。走出去，动起来；不犹豫，不回头。走出第一步，一切都是好的。

第二，保持行动上的坚持，坚决“做”下去。

有不少人难以坚持，运动了两三回，跑了三两天，就停下来了。有人总在找借口，哎呀，天气不好啊，今天不太舒服啊，碰巧有事耽误了啊，我的脚有点痛啊……不是你找不到借口，你这样做只是间歇性运动、情绪式行动、无理性的把控，其中肯定有懒惰的因子在作怪，但更有责任心不强、决心不够大的顽症在兴风作浪。运动，不要等得了某些疾病以后，才逼迫自己去坚持，去被锻炼，这就不是快乐的享受了。抢先一步，先机无限。我们要定严规矩不动摇，讲明监督不放松，下死决心无借口。对于我们，只有特殊性的运动减量，没有行动上的运动缺席，在任何时间任何地点，每天都是运动进行时。

第三，注意细节上的完善，保证“稳”起来。

健身不是只满足于有了行动，有了习惯，还要保证安全有效。如果随意运动、盲目健身，没计划、无方法、缺程序，就很可能达不到安全有效的目的。因此，要充分了解自己的身体状况、爱好特长以及运动常识，适合的才是最好的，全面性才有持久力。健身运动一般要遵循“安全第一、因人而异、循序渐进、尽量全面、适当发展、享受快乐”这六个原则。例如，身体不适合剧烈运动的，一定不要参与。运动强度，一定是一个由低到中到高的递增过程。运动要包含预备动作、运动项目、运动收尾三个阶段。长久运动，要尽量兼顾锻炼自己的力量、速度、耐力、灵活性、协调性各个方面。持久健身要养成良好的健康的方式，需要“合理膳食、注意卫生、经常运动、保持心理平衡”同步驱动。运动过程中可以必选动作和自选动作相结合，适当发展个人的特长爱好。

第四，拥有过程上的快乐，保持“乐”起来。

运动会有体力上的劳累，甚至有时会感到腰酸背痛疲乏，但运动的快乐是一定的。这不仅仅是运动后有多巴胺的释放。身上的肢体活动开了，僵硬的关节灵活了，自然神清气爽；血液循环顺利通畅，自然心情愉快。还有，战胜懒惰、坚持运动、自我赋能也是实实在在的值得骄傲的收获。如果还有运动状态的提升、运动技能的提高、运动交往的扩大，这样对你对我来说，那更是快乐多多。

第五，达到境界上的提升，争取“高”起来。

也许，你已经有了比较出色的运动特长，有了一个科学熟练或者自我独创的运动方案，有了一部分志同道合的运动爱好者的相知相欢甚至相见恨晚，甚至可能你已经有了一些创新性、特色化、高水平的运动技能了。当然，或许这一切你都没有。但你，至少已经拥有了稳固的运动习惯，制定了成熟的运动方案，感受到了持久运动的快乐和舒畅，这已经达到了一种难得的运动境界。自己认为行，才是真的行；自己感到快乐，那才是真的快乐。旁人的呐喊助威，终究是附带的装扮与点缀，没有它，我们依然精彩。

中老年朋友们，享受运动的精彩，活出自我的人生风范；享受健康的福利，活出自信自强的心态；享受人生的运动成功，活出高质量的幸福安康。我运动，我健康，我快乐，人生本来就是这个精彩的模样！

祝大家快乐行动起来，人人健康精彩起来！

2022 年 11 月 24 日

扶丽村

“扶与春光好，丽日气象新。”在黄翁山下，西江河畔，扶丽村安驻这里六百多年了。

一走进村里，立刻感到时代的鲜活与历史的厚重在这里交相辉映

村道宽阔通畅，座座新房拔地而起，房前屋后绿树鲜花生机盎然。池塘边，柳树依依，尽显袅娜之姿；村口路边，两棵古老的大榕树气势不凡，粗壮的躯干撑起庞大的身躯，繁茂的枝叶蓬勃生长。

纵横交错的古老村巷让人流连忘返。一排排大屋祖屋镬耳式建筑、一幢幢三墙两屋式建筑，正在安静等候你的相逢。墙上竖立着古旧的青砖屋瓦，地上躺着光滑的大理石地板，村子中央还蹲坐着一口古老的水井，房屋门前蹒跚进出的闲居安乐的老人……这一切，映射出村庄古朴淳

厚的历史年轮。

悠悠岁月里的道道历史河湾，青砖屋瓦上那一丛丛摇曳的苔藓，为它们录下了日夜奔流的时光；凹凸不平的青石板上，有村民们早出晚归的匆匆背影，有他们嗒嗒嗒忙碌劳作的声响；在两相对应的窄窄的墙面上，徐徐移动的那一缕夕阳的余晖，见证了独特悠久的民间习俗的默默传承。一片古老的房屋，回放着扶丽村源远流长的生活篇章。

村中心那口水井被三面墙体拥抱着，清澈甘甜的井水从圆圆的井口打出来，至今闪烁着阵阵波光。井水的波光里，照见了南粤文化薪火相传的流畅血脉，照见了扶丽村黎氏家族祖训家训昌盛的溢彩荣光，照见了一代又一代村民在朝霞夕晖之中精神焕发的音容笑貌。那一口水井，滴滴凝聚了村民们自古以来对自我文化的坚定信仰、对美好生活的朴实向往。

一位历史人物，在村里的墙壁上被浓墨重彩地描绘出来。黎家本，从小聪颖好学，年轻有为，于清朝光绪年间担任海军要职，勤恳忙于军务，尽心尽责为国出力，因积劳成疾而亡。这里还有一段珍贵的红色印记。1941 年在村里 286 号一间砖瓦房里，共产党员黎定中在此建立秘密工作点，开展联合各阶层人士共同抗战、支持抗日武装、抵御日军入侵高明、传递各种情报等工作，为高明区抗日民族统一战线做出了巨大的贡献。他们都是我们扶丽村的骄傲，他们的精神风范代代长存！

路上遇见一位村民，当我询问村里乡村振兴的发展前景时，村民异常兴奋，急忙带我到“烟火荷城体验村”发展规划图墙边，向我详细介绍村里的发展规划。村里管线道路即将全面改造，建筑绿化很快焕然一新，村里的产业开发现在已经启动，文化、旅游、民居、乡村工业正在同步推进。好一个扶丽村的美好明天！

站在古老的榕树底下，看着扶丽村的山水街巷，一派霞光满照，大地叠彩流光！

2024 年 1 月 9 日

开学典礼上的讲话

尊敬的老师们、亲爱的同学们：

大家早上好！

阳光普照大地晖，花香校园又一春。让我们踏着春天的脚步，用心工作，勤奋学习，遵循“新学期、严要求、同拼搏、共超越”的行动宗旨，共同创造荷城中学新的辉煌！

“新学期”，我们“新”在哪里？“新”在我们要有更高的目标追求。更高更远才能更强更壮，自信自律才能自主自强。“新”在我们学校对同学们的新要求上。本学期学校制定了全面细致的学习纪律规范要求，要求同学们坚决落到实处，全面落到实处。落地生根才能开花结果，落到实处才能步步提高。“新学期”让我们共同奋发，豪迈进取。

“严要求”，我们“严”在哪里？我们要共同遵守学校的各项规章制度，高标准严要求，时时、处处、人人严格遵守，毫不动摇，绝不放松。严明的纪律才有生活工作的有序，严明的纪律才有学习的高效。“严要求”让我们用具体的行动来坚定原则。

“同拼搏”，我们的“拼劲”在哪里？幸福是奋斗出来的，成功是拼搏得来的。没有付出，哪有收获？没有每天的辛苦努力，何来每天的充实提高？爱拼才会赢，共同拼搏，一定会硕果累累，香飘荷中。“同拼搏”让我们豪情万丈，奋勇向前。

“共超越”，我们要“超越”什么？努力超越别人，方显自己进步。别人也在前行，别人也许正在加倍努力快步前行。我们只有付出更多，走得更快，做得更好，才能超越他人。我们更要超越自己挑战自己畏惧不前的思想，挑战自己犹豫不决的心理，挑战自己遇到困难不想方法的躲躲闪闪。“共超越”让我们全体师生天天进步，人人成功。

老师们，同学们，我们要“新学期、严要求、同拼搏、共超越”，拿出我们“天生我材必有用”的信心，拿出我们“吹尽黄沙始到金”的毅力，拿出我们“直挂云帆济沧海”的勇气，去迎接人生风雨的洗礼，共同谱写一曲人生奋进、气壮山河的赞歌！

2021 年 2 月 22 日

校园那堵墙

外面的世界很精彩，精彩的世界让人期盼，又让人紧张和彷徨。

从大学四年级开始，我就有一个习惯：每天一大早总喜欢去学校操场上散步。

学校操场不大，煤渣铺设的跑道坑洼不平。灰色的围墙就在它的北面，与南面的理化大楼遥遥相望。操场东西两面耸立着一排排大树，它们的枝条细长，在晨风的吹拂下一飘一荡，互相应答，给寂静的校园增添了一股清新与活力。

围墙并不高，也算不得坚固，斑斑驳驳的墙面上，灰白中间夹杂着五颜六色的藤萝，倒挂金钩似的；墙顶上一排排杂草，随风点着头，摇摇晃晃的。

我从南面移动脚步，朝围墙走去。一步一步，好像在丈量路面，又似乎在选择方向，间或扫视一下，东西两面细长的树枝。校园里还是那么空荡、安静。

每当眼睛撞到围墙，我就停下来，静静地等待。

隆隆，隆隆；哗啦啦，哗啦啦，墙外马路上驶过一辆又一辆大货车，它们远远飞奔而来，又沉重地撞击地面，然后一点点消失在远方。紧随嘈杂的声音在空中炸响，我的心里也总是涌现一道深深的河流，无声无息地跟随着，缓缓流动，一直延伸下去。

又一辆大货车呼啸而过。

又一道跟随的河轻轻地流过，又恋恋不舍地离去。

那条河吸引了我。我踮起脚尖往外看，只看到墙外大街两旁葱郁的大树底下各有两排相对应的夹竹桃，挨挨挤挤，密密麻麻，宛如四条浓密的绿色长城。它们与来来往往的人一起向前延伸着。

不知道哪个顽皮的小孩把墙脚挖了一个洞，刚好够一个人进出。我几次弯下腰，一腿下蹲，一手拉墙，往外窥探。那一排排树干，一丛丛绿草，一块块路砖，那些夹竹桃、人流、车流，一一从我的视线之下横截而过，吸引我的心延伸出去。但我从来没有钻出墙外，因为我每次弯腰，就不自觉地想到，这似乎是一个狗洞。于是我赶快缩回头，站起来，重新审视那一堵墙。

多少次迈开脚步在操场上散步，多少次审视那一堵墙，和那个小小的墙洞，很想到外面去看看，但又总不敢轻易爬出去。

慢慢地我体会到，外面的世界很精彩，但不能弯下腰爬出去闯荡。

1989 年 11 月 23 日

后记

人生征程又出发

早几年，我从学校行政岗位上退居二线，离开了长久奋斗的教育一线工作，这对于我这样一个心怀教育、痴心教坛的人打击相当沉重，甚至在比较长一段时间里，我的心都是煎熬愁苦的。后来经过朋友们的反复劝慰、引导、鼓励，才慢慢从压抑沉重的雾霾里冲出来，回归沉稳自信的本真生活。

但是，我天生不甘寂寞，仍然想在余生做一点有意义的事。于是，身边一批作协朋友，一起鼓励引导我进行文学创作。朋友们文学浩瀚的浓厚芬芳和真诚友爱的赤子之心，还有那雅情逸致的温情磁场深深吸引着我，每次同他们在一起，我都陶醉其中。

再说我本人也是中文系毕业，一向爱读书，痴迷于语言的奥妙无穷，痴迷于文章的千姿百态、神采飞扬。我在大学时期就热心文学创作，翻开尘封的记忆，打开三十多年前那一沓厚厚的枯黄的文稿，文字虽然是粗糙的，甚至有一些已难以辨认，文章当然也是稚嫩和苍白的，但蕴含其中跳动着的那一颗心，一颗文学追梦的雄心，让今天的自己也感动不已。

自从担任行政领导以来，我也是脱稿讲话的高手、口才比较出色的校长。我天生喜欢琢磨文章，在长久的教书生涯里，我这个语文老师有点不同，上语文课，不是主要讲课文知识，几乎节节都是对课文的文学欣赏，学生听得也是如痴如醉。自然，初中、高中教材里的经典课文对我来说都已烂熟于心。因此，我接受了朋友的建议，开始动笔写文章，延续从大学开始一直喜欢的散文创作。

作为一名文学新兵，我每写一两篇小文章，就诚心诚意发给朋友们请教点评，而且常常得到他们一致的赞美和较高的评价。其中要特别感谢中国作协会员古国伦、广东省作协会员陈吉斌两位老师对我尽心尽力的帮助。我们之间沟通交流的广度、深度、密度，对我简直是一场层层叠叠、排山倒海、如沐春风般的文学洗礼，我深受感动、熏陶、领悟。他们还对我的小文章进行深入细致的点评打磨，让我一天天、一点点逐步提高。他们两位对我文学创作的指引，如同给了我行走远方的那幅图、冲出心理迷雾的那盏灯、人生价值追求的那座塔。人生知己难相逢，此生无悔相伴生。

于是我心已定，人生新征程，我又出发。

从此以后，我将把握六个方面陪伴我的人生新征程一路前行。

长存一颗友爱善良之心。我来自山里农村，天生淳朴善良，常常为别人着想，从未愧对他人、集体、国家。即使要说一些善良的谎话，我也是脸红心跳；即使面对陌生的路人，我也是能帮就帮。友爱善良之心，让我无愧于天地人间，让我光明磊落清正纯雅；友爱善良之心，让我情爱万物，情意深重；友爱善良之心，让我有爱的无穷驱动，有情的无限抒发，有义的坚定遵循。

戴上那对寻美审美之眼。我的眼睛清晰明亮，深戴美的色彩。我的视线之内，处处都是美景。“一叶知秋”是联想，“一叶秋韵”是美感。一片树林，我凝思良久；一枝鲜花，我思绪万千；一束阳光，汇聚大众民生；一夕晚霞，让我流连忘返。行人匆匆，那是他们心中满怀希望；只言片语，那也是点点心灵在静静流淌。美的世界，处处闪光；爱的光辉，温馨万家。停下自己的脚步，巡视起来，凝思起来，串联起来，美丽起来。世界不是缺少美，而是缺少发现美的眼睛。美丽的眼睛，看全世界都是那么美。

抓住那支勤奋不辍的笔。我是一名教师，又长期负责学校行政工作，原来一心扑在工作上，无法真正静下心进行文学创作。我向来都是自己写讲话稿、活动方案、计划总结等等，从不叫人代笔。对于写作的内容与形式，哪怕是段落词句标点，我都是反复揣摩推敲力求准确简明、生动流畅。平时也常常写一些教育随笔，及时总结提炼教育教学的所见所闻、所思所感，我曾经在《德育报》《中国教育报》《语言文字报》等报刊上发表一些教育随笔。听报告，写写心得；参观学习，写写体会；阅读文章，写写领悟。看了一部有意义的电影或电视剧，我会写一些评论感悟。听到别人一句精彩的话，我会马上记下来。路上看见一句漂亮的广告词，回到家马上记录在本；偶尔听到或看到一些哲理性的语句、俗语谚语、优美诗句，我照常及时积累储存。我的那支烂笔头，尽管以前不是纯粹用在文学创作上，但是在语言、思想、素材的仓库中确实不断为我增添新的养料。而如今，勤快写作，自然是我义不容辞的责任和使命担当。

迈开那双不辞辛劳的脚。我是大山的儿子，跋山涉水早已习惯。我喜欢走路，走路于我从不是辛苦的差事，更不是心理的负担，而是心灵世界的宽广探访，是轻松自如的快乐生活。读万卷书，还要行千里路。走出去，是健身，是怡心，更是观察生活、认识生活、感悟人生的必由之路。

穿街走巷，我感受大众生活的变化和坊间人员的言谈举止；漫步江边，我体会江水滔滔、两岸美景、时间飞逝。到农村去到田间地头去，观察乡村振兴之变化，体会农民富裕之满足；看一座座牌坊，看一排排房屋、看一丛丛树林和小孩子们欢快嬉笑的脸庞。山水风景无限好，人间风物常思量。勤劳的双脚，让我行走四方。

保持那腔昂扬进取之情。“活到老，学到老，改变到老”也是我的写照。从山沟沟里走出来的大学生，永远不会愧对大山深处养育自己的那份执着和艰难，永远把“热情工作、踏实工作、创新工作”作为自己的座右铭。“任何困难都是考验，任何挫折都是锻炼”是我的口头禅。迎接任何挑战，战胜任何困难，不断超越，用万千的努力，换来一丝成功的希望。天道酬“勤”，人道报“志”，胜道在“恒”。我时常鼓励自己，走在人生追求而矢志不渝的大道上无怨无悔。保持昂扬进取地写作，是一份社会责任，也是一种人生追求，更是需要尽力才能达到的一种人生境界。“为伊消得人憔悴”“我自岿然不动”。

建造那个思想积淀之库。我是一个喜欢思考问题的人。在学校，老师们总是笑着说校长走在路上都在思考问题。是的，我经常如此。晚上经常思考问题，躺在床上辗转反侧，过一会儿起身去书房，写下自己的思考心得。听别人说的，看别人做的，做自己所想的，习惯性、阶段性进行高度凝练式地总结概括，而且常常是经典语句式表达，我自己称之为“凡人名言”。我有借鉴思维的爱好，相信世界上最高境界的道理总是相通的。我相信人的一生要做三件事：悟天道，接地气，尽人事。悟天道的“高”在于及时总结，接地气的“准”在于全面分析，尽人事的“力”在于调动汇聚人心。文学创作，启智、怡心、尚美是必备的职责，只有思想的持久积淀，才有文章思想内涵的点点霞光。

作为文学新兵，我的第一本散文集《虔诚时光》，稚嫩自然布满全身，错漏之处也是在所难免，敬请各位老师、朋友批评指正。

今后，我将继续以虔诚之心，匍匐在大地之上，感受自然的生机与活力，感受人间的搏动与呼吸，感受社会的风雨与朝阳，在感受中感动，在感动中升华自己的精神含量，在闲暇之余涂鸦自己内心的那一片葱茏。

人生新征程，我挺身又出发！

2024年1月18日